帰郷

浅田次郎

集英社文庫

目次

帰郷

帰郷

くわえタバコで客を引くことが、綾子《あやこ》にはどうしてもできなかった。

物欲しげな男は薄闇の中でもそうとわかる。だから街の女たちはそのつどタバコをくわえて、マッチの上明りに顔を晒《さら》す。あたしでいかが、と。

露天商が店閉《みせじま》いを始めるころから、終電までの間が稼ぎどきだった。一人目は丸ごとショバ代で、二人目からがてめえの食い扶持《ぶち》、お茶を挽《ひ》いても待ったはきかない。だから女たちは早い時間にマッチの火を並べて、とにもかくにも一人目の客を拾おうとする。

腹がくちくなり、わけのわからぬ酒を飲んで気の大きくなった男。風体などはどうでもいい。そういう人間が闇市の先から近付いてくると、傾いた電信柱や焼け残ったビルに寄り添う女たちの手に、ひとつずつマッチの火が灯《とも》されていった。

今さら恥も外聞もないものだが、綾子には捨てきれぬ矜持《きょうじ》があった。ほかの女たちと同じように、この体が売り物であるという合図を送ることができなかった。

夜がたいがい更けても、東口の駅舎や広場の人ごみは相変わらずだが、背後に広大な闇市を控えたこちら側は閑散としてくる。多くの人々にとって、食うため生きるためめではない欲望のありかなどは、彼岸だからである。

広場を横切って光の溢《あふ》れる駅舎に歩み入り、中央本線に乗って信州の里に帰るのはたやすかった。汽車賃など、一夜《ひとよ》の稼ぎで事足りる。だが、それはいちど死んだ人間が甦《よみがえ》るくらい無理な話なのだ。闇市から望む新宿駅も、やはり彼岸にちがいなかった。

綾子は聚楽《じゅらく》の脇の路地に入ってタバコをつけた。この一服を客引きの道具に使いたくはなかった。露天でバラ売りされている再生タバコなどではなく、なじみの米兵がドル札と一緒に置いていったキャメルだった。

スカートをたくし上げて屈《かが》みこみ、駱駝《らくだ》の図柄を眺めながら煙を吸いこむと、ほんの少し幸せな気分になった。冬になって雪でも降れば、きっと童話の中の少女のように、まぼろしの幸せにほほえみながら死んでしまうのだろうと思った。

それならそれでいい。夢を見る間もなく炎に焼かれてしまった人々よりは、ずっとましだ。

路地の奥で、野良猫が鰯《いわし》を食っていた。店閉いのどさくさまぎれにくすねてきたのだろうか、銀色に輝く丸鰯だった。

綾子は猫を羨んだ。体を売って日々を食い凌《しの》ぐ自分が、泥棒猫よりも下等な生き物に思えたのだった。

「ねえさん――」

ためらいがちの声をかけられて、綾子は肩をすくめた。誰か知り合いに、厚化粧の下の素顔を見破られたのではないかと思った。真昼間ならともかく、このザマを見られたのでは言いわけのしようもない。終戦からたった三月《みつき》の間に世の中は様変わりしてしまったが、東京の人間がそっくり入れ替わったわけではなかった。

「どこか具合でも悪いか」

男の声には邪気がなく、焼け焦げたビルのはざまに蹲《うずくま》る女を、心から気遣っているように聞こえた。

おそるおそる振り返った。軍服の背中に毛布を結びつけ、雑嚢《ざつのう》と水筒を十文字にかけた、今しがた復員したばかりに見える兵隊だった。暗がりと髯面《ひげづら》のせいで齢《とし》はわからない。

本所《ほんじょ》の美容院で働いていたころの顔見知り。徴用された江戸川の工場の工員。これから夜汽車で里帰りする幼なじみ。

あれこれ考えても思いあたる顔はなかった。胸を撫《な》でおろして、綾子はほほえみ返した。

「どこも悪かないよ。御用とお急ぎでないんなら、ちょいと遊んでいきない」

エッ、と男は意外そうな声を上げた。

「米兵が相手じゃないのか」

綾子は鼻で嗤《わら》った。

「大和撫子《やまとなでしこ》の防波堤かね。そんなきれいごとがあるもんか。お足さえちょうだいできるんなら、男のえり好みはしないよ」

ハイヒールでタバコを踏み消し、立ち上がってからマッチを擦った。男のえり好みはしないが、その気があるのかひやかしなのかは顔つきでわかる。

駅頭の光を背負った路地の闇に、痩《や》せこけた髯面が浮かび上がった。懐具合まではわからないが、目付きがおどおどとして定まらなかった。

たぶん、夜の女をひやかすだけの余裕もない。復員したはよいものの、帰るべき家はあとかたもなく、家族の所在も知れぬまま行き昏《く》れてしまった、というところか。

こいつは話にもならない、と思いもしたが、綾子の耳には体の具合を気遣ってくれた男の声が残っていた。

マッチの火が消えたとたん、男は思いがけぬことを言った。「きれいだな、ねえさん」と。

米兵は必ずそれらしい英語を口にするが、日本語を聞いたのは初めてだった。しかも、お愛想とは思えぬ切実な声だった。

返す言葉が見つからずに綾子は俯《うつむ》いた。きっとこの人は、日本人の女がいない外地にいたのだろう。命からがら復員して、もしかしたら初めて声をかけた女が自分なのかもしれないと思うと、綾子の胸は申しわけなさでいっぱいになった。

つい三ヵ月前までは、「お国のため」と言われてもピンとはこなかったが、「戦地の兵隊さんのため」に昼夜わかたず工場で働いていたのはたしかだった。そしてたぶん、この人も同じ気持ちで苦労をしていたのだろうと思うと、自分の落ちぶれようが、とんでもない裏切りであるような気がしたのだった。

男は雑嚢の底をかき回した。軍隊からの餞別《せんべつ》であろうか、油紙にくるまれた品々が溢れ出た。乾パン、石鹸《せっけん》、繃帯包《ほうたいづつみ》、クレオソート。路地に散らばったそれらを拾い上げながら綾子は、あわててはいるが几帳面《きちょうめん》な男だな、と思った。

「金ならこの通り持っているが、あんたを買うつもりはないんだ」

しどろもどろで男は言った。差し出した掌《て》には、輪ゴムでくくった札束が載っていた。

「わけのわからんことをお言いだね」

あたりに目を配りながら、綾子は両手で男の掌をくるみこんだ。大金を持っていると知れたら、命などいくつあっても足らない。

札束ごと握りしめた男の掌は、コンクリの壁より冷たくて、小刻みに震えていた。

「どこかで、俺の話を聞いてくれないか」

「いよいよわけがわからないわ。チョンの間じゃなくて、ゆっくりしたいってことかね」

南方で悪い戦をした、戦地ボケの兵隊なのだろうか。悪人ではなさそうだが、どこか思いつめているふうがあった。

「言っとくが、にいさん。心中の相方だけはごめんこうむりますよ」

冗談ではなかった。つい何日か前に、新橋《しんばし》のマーケットで復員兵と街娼《がいしょう》の心中事件があった。その二人はまったくのゆきずりだったそうだ。

他人事《ひとごと》ではない。新聞には「無理心中」とあったが、いったいどちらが無理強いをしたのかという、肝心のところが書かれていなかった。そこが女たちの話題になった。つまり、命の瀬戸際にある復員兵と街娼は、どちらが心中を仕掛けてもふしぎはないし、たまさか情が通えば手に手を取ってあの世に行っても、やはりふしぎはないのだった。事情はどうであれ、見知らぬ男と女がともに死んだのなら、無理心中と書いたほうが据わりがよい、というだけの話である。

「マリアさん、どうともない？」

表通りから仲間の女が顔を覗《のぞ》かせて、不安げに訊《たず》ねた。マリアは綾子の通り名だった。代金の交渉などはさほど時間がかからないから、酔っ払いに絡まれてでもいるのかと気を回したのだろう。

「大丈夫よ。はい、一丁上がり」

綾子はたじろぐ男の腕を摑《つか》んで路地から出た。

露天商はあらまし引けて、バラック建ての呑《の》み屋《や》からは裸電球の光が寒々しくこぼれていた。

そろそろセーターの一枚も欲しいのだが、売店《PX》からプレゼントを運んでくれるなじみの米兵は、このごろとんと姿を見せなくなった。何でもキャンプの周辺に慰安所ができて、街の女を買ってはならないという命令が出たそうだ。

「呑み屋の二階なら酒代でロハだけど、ゆっくりするんなら甲州街道の向こっ河岸《かし》」

綾子は歩きながら南口の陸橋を指さした。呑み屋のあらかたは間口一間、奥行き一間半のトタン屋根だが、このごろは裏側か二階に一間を建て増して、チョンの間の女たちに貸している。甲州街道の向こう側には、何軒かの連れこみ旅館があった。そこを使うのは、泊まりと決めたよほどの上客だけである。

凩《こがらし》が体を吹き抜けて、綾子は軍服の腕にすがりついた。男の腕が、早瀬に打たれた棒杭《ぼうぐい》のように思えた。寒さも寒いが、そうでもしなければ夜の涯《は》てまで流されてしまいそうな気がしたのだった。

甲州街道の高架の下まで来て、男は背中に結びつけていた軍隊毛布を、綾子の肩に着せてくれた。夜汽車の汽笛が渡り、油煙の匂いが漂ってきた。

見知らぬ男のやさしさと、ふるさとに向かう汽車の声が、綾子を泣かせた。

「俺が気に入らんのなら、やめておく」

綾子は子供のように両手の甲で瞼《まぶた》を被《おお》ったまま、かぶりを振った。

木綿のブラウスも赤いスカートも、鎖のついたショルダー・バッグもハイヒールも、みんな米兵からのプレゼントだが、凩を遮ってくれるものは復員兵の毛布だけだった。

ひどい男だ。何もかも忘れかけていたのに。

「妙なことを言ってすまなかった」

男は戦闘帽の庇《ひさし》をつまんで少し頭を下げ、軍袴《ぐんこ》の物入れから十円札を何枚かえり出して、綾子に押しつけた。

「お金は、いらない」

洟《はな》をすすり上げて、綾子はきっぱりと言った。

「あんたの話を聞かせてちょうだい」

そのかわりあたしと死んでよ、という声を綾子は奥歯で嚙《か》み潰した。

男は陸橋の上から解け落ちる街灯の光の中で、くたびれた軍靴を軋《きし》ませながら、長いこと自分の影を踏んでいた。

*

ここいらが焼け残ったのは、南口の陸橋が火除《ひよ》けになったたんだな。

畳座敷に浴衣がけでビールを飲んでいるなんて、俺ァ夢でも見てるんじゃないだろうか。

よもや風呂にまで入れるとは思ってもいなかった。念入りに洗ってきたつもりだが、臭くはないか。

今さっきは、わけのわからんことを言ってすまなかった。話だけ聞いてくれなどと言われたら、そりゃあ馬鹿にされたと思うだろうけれど、嘘《うそ》でも冗談でもないんだ。

知った人間に話せば相手の耳が腐る。知らぬ人間に話せばこっちの口が腐る。だが、話さずにいれば胸が腐っちまう。そうして少しずつ胸を腐らせながら、何日も闇市をうろついていた。

聚楽の路地であんたに声をかけたのは、何の下心があったわけじゃない。暗がりにしゃがみこんでいた姿が、今にも死んじまいそうに見えたんだ。

急に冷えこんできたせいか、ちかごろ行き倒れをよく見かける。つい今しがたも、西口のマーケットから歩いてくる途中で、仰向けに転がった仏さんを拝んじまった。顔には手拭《てぬぐい》がかけてあったが、もんぺをはいた女の行き倒れだった。

西口と東口をつなぐあの地下道は、縄張りの境目なんだ。それでもいくらか西口に寄っていたから、地下道を戻って安田組の半纏《はんてん》を着た若い衆に、どうにかせえと言ったら、そりゃあ東口のシマだと言い返された。そこで、もういっぺん仏さんを拝んでから、東口の尾津組《おづぐみ》だか野原組だかの地回りに同じことを言ったら、それは西口の領分だと知らん顔をされた。

交番に行って、痛くもない腹を探られたり、素性を問い質《ただ》されるのも何だから、俺も見なかったことにした。

あんたに思わず声をかけたのは、そのことが頭にあったからなんだろう。死んだ人間をうっちゃらかしてきたのも嫌だが、目の前で死なれたんじゃ後生《ごしょう》が悪すぎる。

女を買おうなんて気持ちは、これっぽっちもなかった。物を食わせるぐらいの金は持っていたから、救《たす》けられるもんなら救けようと思っただけだ。

顔を合わせたとたん、俺の思いすごしだったとわかったんだが、そうとなったらこっちの引っこみがつかない。そこで、とっさに妙なことを言っちまった。あんたを買うつもりはない、俺の話を聞いてくれ、なんて。

だが、口から出まかせじゃないんだ。俺の胸はもう腐りかけていた。このまんま放っておいたら、幾日もたたぬうちに性根まで腐っちまって、何かとんでもないまちがいをしでかすに決まっている。

なあ、マリアさん。

あんたは生身の女なんだろうが、こんな男を不憫《ふびん》に思って天から舞い降りてくれたんだと、俺は思うことにする。

今の俺には、死んだ兵隊が不運だったのか、生き残った兵隊が幸運だったのか、よくわからないんだ。

睡《ねむ》たくなったら、俺にかまわず寝てくれ。

古越庄一《ふるこししょういち》。庄屋の惣領《そうりよう》息子だから庄一って、わかりやすい名前さ。古越の家は信州松本の近在では指折りの山持ちで、小作の田畑《でんぱた》も三ヵ村に跨《また》がっている。乳母日傘《おんばひがさ》で育った俺は、兵役なんてあるものかと高を括《くく》っていた。もっとも、惣領は取られないとか、税金を納めているぶんどうにでもなるなんぞというのは、兵隊が余っている平時の話で、支那《シナ》事変からこっちの大動員になると、容赦はなくなった。

今はすっかり窶《やつ》れちまったが、生来の体格は立派な甲種合格だ。ところが昭和十四年春の徴兵検査では、即日入営どころか即日帰郷となった。理由はちょいと風邪気味で胸が鳴っていたことと、もうひとつは、ほれ、ご覧の通りの偏平足だ。

本当かね、偏平足は行軍についていけないって。俺は子供の時分から、運動はめっぽう得意だったし、中学校の軍事教練でも人後に落ちたためしはなかった。

だからそのときも、ハハァ、こいつは親父《おやじ》が裏から手を回したんだな、と思った。むろんそうは思っても、訊《き》いてみるわけにはいかない。風邪《かざ》ッ引《ぴ》きだろうが偏平足だろうが、天皇陛下のお召しに応じられなかったんだから、恥ずかしい話さ。

戊種《ぼしゅ》の即日帰郷ってのは、不合格と決まったわけじゃない。判定ができないから、来年もういっぺん徴兵検査を受け直せ、という意味だ。

だが、その翌年はどうしたわけか、検査の通達書が届かなかった。俺は徴兵のがれをするつもりはなかったし、偏平足だの庄屋の倅《せがれ》だからだのと噂《うわさ》されて肩身の狭い思いもしていたから、役場の兵事課に名乗って出るつもりだった。

家族や番頭たちの揃《そろ》った昼飯のときにそんなことを言ったら、親父はフムフムと聞いていたんだが、あとから奥の間に呼ばれてこっぴどく叱られた。

跡とりのおまえに万一のことがあったらどうする、なぜ親心がわからんのだ、とな。それで、去年の徴兵検査の結果が親父の差し金だとわかった。

俺には三人の姉がいて、親父にしてみればようやく授かった倅だ。それも、親父が四十二、おふくろが三十九の齢の子だから、宝物みたいに育てられた。小学校の行き帰りには番頭と女中がお供をした。中学をおえて東京の商業学校に進んだときは、寄宿舎や学生下宿などもってのほかで、親父が後押しをしている代議士のお屋敷に、書生として住みこんだ。

大学に行かなかったのは、家の跡を襲《と》らねばならんからだ。徴兵検査の年には里に戻って、家業を手伝い始めていた。山持ちだの庄屋だのと呼ばれたのは祖父の代までの話で、俺は近在の山林や田畑を経営する、合名会社古越商会の跡とりだった。

三人の姉たちを嫁がせたあと、おふくろは早くに死んじまっていた。そんな事情だから、長男の俺に万が一のことがあってはならなかった。いや、万が一というより、二年間の兵役期間そのものが、六十を過ぎた親父にとっては許し難かったんだと思う。

「小作の倅どもが名誉の戦死を遂げてるのに、おらほうだけ召集令状どころか徴兵検査の通達書もこねえのは申しわけねえで、役場なり聯隊《れんたい》区なりに問い合わせてみちゃどうずら」

昼飯どきに俺がそう言ったとき、板敷に居並んだ家族や番頭は、みな一斉に箸を止めて親父の顔色を窺《うかが》った。

そのときは答えようにも答えられず、あとで二人きりになってから、親父が真青になって俺を叱りつけたのは、当然だったと思う。

近在の若者たちのほとんどが入営する松本の歩兵聯隊は、北支、中支と転戦して徐《じょ》州《しゅう》会戦にも加わり、大勢の戦死者を出していたんだ。

なあ、マリアさん。

親のご威光で兵役を免れるような男が、何のわがままを言ってやがると思っているかもしれんが、俺のこのなりを見りゃ、ことほどさように話がうまく運ばなかったのはわかるだろう。

べつだん自慢をしているわけじゃないんだ。かくかくしかじか、順を追って話さねえことにはうまくつながらない。

実は何日か前に、信州から上《のぼ》ってきたんだ。いや、これから里に帰るんじゃなくて、買い出し列車のデッキにぶら下がって新宿にやってきた。

ほれ、そんなふうに言ったって、何が何やらわからんだろう。

噂には聞いていたが、ひどい有様だな。これがあの、花の大東京かと思えば情けなくなる。学生時代に住み込んでいた小石川《こいしかわ》のお屋敷は、いまだに瓦礫《がれき》の山だ。友人知人は消息が知れない。みな死んじまってるんじゃないかと思うと、探す気にもなれやしない。

闇市をほっつき歩くほかには、考えつくことが何もない。あれをしようだの、これをしようだの、何も考えられない。ただ、こうしてぶらぶらしているうちに、誰か知った顔に会えるんじゃないかと思う。

生き死にの知れぬ人間を探したくはないが、バッタリ会えりゃけっこうだろう。闇市を歩き回っているやつらは、あんがいみんな同じ気持ちじゃないか。

だが、誰にも会えない。俺の知っている東京が丸焼けになっちまったんだから、やっぱり俺の知った人も、ひとり残らず焼け死んじまったんだろうと思う。

愚痴はたいがいにして、話の先を続けようか。

俺には二つ齢下の弟がいる。

待ちに待ったる跡とり息子に続いて、よもやまさかの次男坊ができたってわけさ。俺が庄屋の惣領で庄一、弟は親父が頑張った末の精二《せいじ》。これもわかりやすい名前だ。

弟は生まれつき体が弱かった。そのうえ、四つのときに小児麻痺《しょうにまひ》にかかって、左足が不自由になった。だが、学問はよくできた。

運動ができない分だけ勉強に打ちこんだわけじゃない。誰かがそんなことを言おうものなら、俺はいちいち食ってかかった。もともと頭の出来が、兄貴の俺とはちがうんだ、と。

不自由な足をはやし立てたり、小さな体をばかにしたりするやつはけっして赦《ゆる》さなかった。そんな話を耳にしただけでも、俺はたちまちすっ飛んでいって、精二をいじめたやつを片ッ端からぶちのめした。

古越の家を継ぐ必要のない精二は、体さえ丈夫なら一高にも帝大にも行って、立志伝中の人物になるはずだった。身びいきなんかじゃない。精二は学校の成績もずば抜けていたが、卑屈なところがこれっぽっちもなくて、誰からも愛された。俺は内心、神様があの聡明《そうめい》さと気立てのよさの代償として、体の自由を奪ったのだろうと考えていた。

あいつは中学三年のときには肋膜《ろくまく》を患って死に損なった。胸に溜《た》まった水を何度も抜くほどの重症で、学校も一年休んで落第しなければならなかった。

そんな体では、まさか東京に出すわけにはいかない。本人はどうしても一高に進みたいと言ったが、学科は受かっても身体検査ではねられるだろうし、せめて目の届く県内でという話に落ち着いて、上田《うえだ》の蚕糸《さんし》専門学校に進むこととなった。

古越商会は林業と農地経営のほか、小作に養蚕を奨励していた。家業の重要な部分を精二が仕切ってくれれば、俺だって心強いじゃないか。

ところが、体もすっかり健康になって上田に向かったはよいものの、勉強に打ち込みすぎたのか、それとも土地の水が合わなかったのか、肋膜が再発した。

ちょうど俺が、風邪ッ引きだの偏平足だのという理由で兵役を免れた年のことさ。どんなときでも弱音を吐かなかった精二だが、あのときばかりは病院の寝台に仰向いたまま、悔やし泣きに泣きやがった。

俺は親心に気付かなかったわけじゃない。小作の倅が戦死して、庄屋の息子は兵隊にも取られないことを気に病むほど、上等な人間でもないさ。

ただな、精二が哀れでならなかったんだ。何だか物心ついてからずっと、あいつの不幸の分だけ俺が幸せになっているような気がした。それで、親心を百も承知しながら、召集令状がどうの徴兵検査がどうのと、親父に文句をつけちまったんだ。

あのころ精二は、おふくろが遺《のこ》した離れの茶室に床をとって養生していた。昼飯の席にも出てこられずに、寝床で粥《かゆ》をすすっているのだと思うと、親不孝だろうが心にもないことだろうが、何でもいいから声に出して、てめえを責めたかった。

さすがの親父も、そこまでは読めなかっただろうな。

十六年の春には、二人分の通達書が届いた。むろん精二の徴兵検査は形ばかりで即日帰郷。俺は風邪ッ引きでもなかったし、偏平足がどうのなどというご時世でもなくなっていたから、第二乙種で合格。

甲種合格者は即日入営だったが、乙種は家に帰された。晴れて赤紙待ちのご身分だ。そういうことなら世間体も悪くはなし、家業にも支障はない。万が一、赤紙が来たとしても、松本聯隊は満洲《まんしゅう》の遼陽《りょうよう》に移駐していたから、命の心配はあるまいと思った。

その夏のうちに縁談が持ち上がって、まだ暑気のさめぬ秋のかかりに祝言を挙げた。

俺は二十二、糸子《いとこ》は春に女学校を出たばかりだった。実家は諏訪《すわ》の機屋《はたや》で、古越の家とは昔から嫁婿のやりとりをしていた。

だから俺と女房はどこかで血が繋《つな》がっているはずだが、詳しくは知らない。旧家ではよくある話だ。

親父の齢を考えれば、けっして早くはなかろう。それに、俺の口から言うのも何だが、女学校の制服を着た写真を見る限り、めっぽうなべっぴんだった。

無口な親父はあれこれ言わなかったが、たぶん徴兵検査の結果が頭にあったんだろう。偏平足の第二乙種で惣領息子、そのうえ所帯持ちならば、まず軍隊に引っ張られることはなかろう、ってな。

そういう裁量が実際にあるのかどうかは知らない。だが、あのころはどこの親も考えることが同じだったとみえて、徴兵検査が終わると、やたらに嫁取りがあったものさ。

結納の席で初めて会った糸子は、写真よりもずっと美人だった。まるで絹糸みたいにぴかぴかで、家業とはいえうまい名前を付けたものだと思った。おまけに、諏訪高女では級長さんだった。

笑うなよ、マリアさん。

あばたもえくぼだってか。いや、だったら言わせてもらうが、糸子は誰がどう見たって、えくぼがえくぼにしか見えない女だった。


昭和十六年十二月八日。

こいつは大変なことになったと思った。

戦争で銭儲《ぜにもう》けができるやつなんて、実はいないんだ。俺の家だって軍需に沸いたのは、支那事変も初めのころだけだった。

思いがけず戦争が長びいても、山の木材には限りがある。農家の働き手は兵隊に取られて、田畑は回らなくなっていた。贅沢《ぜいたく》は敵だ、なんて合言葉のせいで絹糸は売れない。頼みの綱はアメリカへの輸出だったというのに。

精二は一日中、計算尺と格闘していた。じりじりと下がり続けていた絹糸相場は、まちがいなく暴落する。

古越商会の養蚕部門を、精二は立派に育てた。専門学校の後輩を毎年雇い入れて、研究所を作り、技術指導も怠らなかった。あんなご時世に会社と小作たちがどうにかやっていけたのは、そうした努力のたまものだ。だが日米開戦となれば、戦争の勝ち負けはともかく、すべてがご破算になる。

精二は夜を日についで、相場がいくらになればどういうことになるかという試算を、はじき続けていた。体に障るからたいがいにしておけ、と言っても聞かなかった。しばしば諏訪の工場や機屋を訪ねて、ときには県庁にも東京にも出向いて、お上に陳情した。

おまえ、死んじまうぞ、と俺が言うと、精二はどうしようもない笑い方をして、幾度も死んだ体だから、と答えた。

十七年の八月に娘が生まれた。目方は一貫目の上もあって、髪もふさふさだった。夏に生まれたから夏子《なつこ》でよかろうって、またぞろ親父の思いつきで名前が決まった。役場に出生届を出したのも親父だった。つまり、うちの倅は偏平足のうえに所帯持ちで、このたびめでたく人の親になりましたと、兵事課に釘《くぎ》を刺したんだ。

代議士だの役人だの、聯隊区の偉い将校だのにあれこれ手を回しても、親父は気が気じゃなかったんだろう。満洲の第五十聯隊には、次から次へと補充兵が送られていたし、松本の留守隊には第百五十聯隊の編成下令もあったから、乙種だって根こそぎ召集だ。日本国中、赤紙の嵐が吹き荒れていた。

夏子が生まれたときは、女でよかったと思った。だが翌年の春にとうとう召集令状がきたとたん、やっぱり男のほうがよかったと思い直した。なぜかって、女なら兵隊に取られないが、もし俺が戦死したなら、跡とりがいないじゃないか。

もっとも、そうとなれば夏子に婿を取ればいいだけの話なんだが、赤紙を貰《もら》ったときはすっかり動転しちまって、十七代続いた古越の家も、俺を限りに絶えてしまうような気がしたんだ。

家の中は上を下への大騒ぎだった。親父は赤紙を届けにきた兵事係を殴りつけ、使用人たちが割って入り、精二は不自由な足を曳《ひ》きながら、まるでこの世の終わりみてえにおろおろと歩き回っていた。そのうち姉たちも駆けつけてきた。

二番目の姉の亭主は紋付袴《もんつきはかま》だった。応召は名誉なんだから、まちがいじゃない。だが、三郎《さぶろう》さんというその義兄は、もともと親父と反りが合わなかったものだから、「おめでとうございます」と言ったとたんに張り倒された。

親父にしてみれば、何がめでたいというわけだ。その気持ちもわかるんだが、本音はともかく建前としては、「おめでとうございます」「ありがとうございます」と言いかわすのが応召ってもんさ。

三郎さんは松本高校の教員で、一族ではただひとりの大学出だった。たしかに鼻持ちならないところはあったが、俺は嫌いじゃなかった。五人の子供のうち恋愛結婚をしたのは二番目の姉だけだったから、親父にとっての三郎さんは、いつまでたっても「どこの馬の骨ともわからねえやつ」だっただけだ。

親父に張り倒された三郎さんは、俺を廊下の端まで引いていって、真剣に言ってくれた。「いいか、庄ちゃ。上官から何を言われても、幹候は志願するな。お国のためも糞《くそ》もねえ。ナッちゃんと、生まれてくる子供のために帰《けえ》ってこい。死んじまっちゃ、げえがねえ」

御説ごもっともだが、そんなことは先刻承知のうえさ。しかし、「生まれてくる子供」というのは聞き捨てならなかった。

つまり、こういうことだ。どうやら女房の腹には二人目の子供がいるらしいのだが、まだ医者に診せたわけでもないので、俺には伝えていなかった。そのかわり、親しくしている二番目の姉にそれらしいことを洩《も》らし、姉が三郎さんの耳に入れていたんだ。たぶん俺はてんやわんやの家の中で糸子を探し出し、仏間に連れこんで問い質した。たぶんまちがいない、と糸子は言った。

「きょうこそ話そうと思っていたんですけど」

思っていたところに、赤紙が来たというわけさ。三郎さんの言う通り、夏子と生まれてくる子供のために、必ず生きて帰ってくると俺は胸に誓った。

そのとき、ふと思ったんだ。腹の中の子供は、女だろうな、と。何の理屈もない勘働きだがね。夏子は俺に似ていると人は言うんだが、きっと次は、糸子によく似たとびきりの娘が、生まれてくるんだろうと思った。

俺は指折り数えた。

「冬子でいいずら」

「冬男じゃ、語呂が悪かないですか」

「雪子でもいいが」

言い返そうとして、糸子は顔を被ってしまった。たぶん、お城まで雪に埋もれた松本の冬景色を、思いうかべたのだろう。

ひとしきり泣いてから、糸子は見知らぬ姑《しゅうとめ》の位牌《いはい》に手を合わせて、笑顔を取り戻してくれた。

「お義父《とう》さんに付けてもらったらどうかね」

「いや、冬子か雪子だで」

「だって、お義父さんにお願いしても、お答えはどっちかに決まってるずら」

たしかにその通りだな。親父が思いつく名前なんて、ほかにあるわけがない。

べつだん舅《しゅうと》を立てたわけではなかろう。俺がまだ見ぬ子供の名前を付けて出征するなんて、縁起でもないと糸子は考えたんだ。

あいつも、腹の中の子供は女だと思っていたんじゃないのかな。


知ってるか、マリアさん。

軍隊は「運隊」だって。クソ、今さら洒落《しゃれ》にもならんが。

闇市をうろついている復員兵は、どいつもこいつも運の強かった兵隊さ。いったい何百万人が骨を晒したかわからん戦を生き残って、中にはこんなべっぴんに酌をさせながら、くだを巻いている野郎もいる。

おっと。酒は好きだが、酒癖はそう悪くはないから安心してくれ。

あの当座は、いったい戦局がどうなっているのか誰も知らなかった。ラジオも新聞も勝った勝ったで、そのわりには決着がつかんな、と思っていたくらいのものだ。それに、松本聯隊はずっと満洲に居ずっぱりだったから、戦死者が出るわけでもない。戦といったって、せいぜい匪賊《ひぞく》の討伐戦だ。

だから赤紙が来たときはみんなうろたえもしたが、考えてみればそうは危ない目にも遭うまい。寒い満洲で風邪を引かぬよう用心しろ、なんぞという話に落ち着いた。

軍隊はひどいものだった。人間がぶん殴られて強くなるとも思えんが、さんざいじめられた。まともな古兵は戦地に出ていて、松本の兵営に残っているのは星の数だけ昔通りの召集兵だから、手かげん匙《さじ》かげんというものを知らなかった。

庄屋の倅も小作の子も公平なのが軍隊だ。だから俺は誰にもましてぶん殴られた。ひどい仕打ちを受けるたびに、幹候を志願して将校になってやろうかと考えもしたが、そのつど三郎さんの言葉を思い出した。幹候上がりの少尉なんて、どこかの最前線に持って行かれるに決まっている。

中学を出て、その上の商業学校までおえているんだから、主計将校という手もある。算盤《そろばん》や帳付けはお手のものだ。だがそれにしたって、やっぱり即成の主計は前線部隊の司令部だろう。

将校も下士官も古兵たちも、グルだったんじゃないのか。兵隊は赤紙一枚でどんどん引っ張ってこられるが、将校はそうもいくまい。古兵たちが学歴のある兵隊をさんざ痛めつけて、准尉や班長が幹候を志願せえと口説く。そういう筋書きはどうだ。

軍隊というところは、男だけのさっぱりした世界に見えて、あんがい陰湿なんだ。実は何ごとも計算ずくで、情の入りこむすきまがない。

そんなこんなで、同年兵の中でも中学出の何人かは幹候を志願した。しかし、見習士官になって原隊に戻ってきたやつはひとりもいなかった。たぶん消耗品の小隊長にされて、みんな戦死しちまったんだろう。三郎さんの言った通りだ。

松本の兵営で新兵教育をおえたあとも、しばらくは待機していた。盆も正月も、ずっと禁足だった。兵隊はまるで肺病やみのように世間から隔離されていた。

夏の盛りの日曜に家族そろって面会にきたんだが、面会所でこれ見よがしに重箱を並べやがったから、もうこれきりにしてくれと俺から言った。

衛門の中と外は、ちがう世界なんだ。親父は倅をねぎらうというより、こういう家の子供なんだから手加減せえと、ぼた餅や煮しめに物を言わせたつもりだったんだろう。そんなしゃらくさい話を軍隊が聞くものか。とられるビンタの数が増えるだけだ。親心にどうこう文句をつけられないから、もう面会には来てくれるな、と言った。

理由はもうひとつあった。目立ち始めた糸子の腹や、父親の顔を忘れて人見知りをする夏子が、俺にはどうにもつらくてならなかった。大人たちはあれこれ物を考えもしようが、子供にとっては戦争も軍隊も、知ったこっちゃないんだ。

家にいるはずの父親がいない。居場所を訪ねてみれば、軍服を着せられて顔を腫らした男が、おとっつぁんだと名乗る。

病気にかかろうが怪我《けが》をしようが、抱いてもやれねえ。こんなざまがお国のためだとは、どうしても思えなかった。

重箱を前にして夏子をあやしているうちに、ああ、親父も同じ気持ちなんだろうと気付いた。そう思いついたとたん辛抱たまらなくなって、厠《かわや》にこもって泣いた。

しばらく泣いていると、隣りの厠に駆けこんできたやつが誰何《すいか》するので、古越二等兵でありますと答えると、そいつもほっとしたように泣き始めた。誰だかはわからずじまいだが、子供を残して兵隊に取られたやつの心根はみな似たようなものさ。

それからは月に一度、精二が手ぶらで面会にきた。親父は齢も齢だし、大黒柱の俺がいなくなった後は、精二に頑張ってもらうほかはなかった。それにしたって、赤紙から入営までは一週間しか余裕がなかったので、仕事の引き継ぎはまるでできていなかった。あいつは頭がいい。わからんことをひとつずつ箇条書きにまとめてきて、俺に質問をし、答えを要領よく書き留めた。面会所に帳面を持ち込むわけにはいかないし、時間の制限もあるから、方法はそれしかなかった。

禁足のまま昭和十九年も明けて、補充隊に動員命令が出たのは二月だった。この冬のさなかに満洲かよと、兵隊たちは愚痴をこぼした。むろん、出発がいつ幾日《いつか》とは知らされない。動員下令があったからには、近いうちということだ。

夜来の雪が降り積もる朝、三郎さんが面会にきて、糸子が無事に女の子を産んだと告げた。嬉《うれ》しさがこみ上げて、万歳をした。面会所に居合わせた古兵も、控えの衛兵までもが万歳を三唱してくれた。

「お義父さんは、大雪の日に生まれたから雪子《ゆきこ》だというんだがね、こればかりは庄ちゃに訊こうと思って飛んできただ」

「雪子ですか。いい名前ずら」

俺は空とぼけて同意した。糸子の読みは図星だった。

「ほんとうにいいだかや、庄ちゃ。何だってお義父さんの言いなりでいいだかやあ」

東京の大学で先進の学問を修めた三郎さんは、まるで専制君主みたいに旧弊な、親父の地主根性を嫌っていた。そして親父に言わせれば、三郎さんは「共産主義者」なんだ。

こんなことがまた悶着《もんちゃく》の種になってはならんと思って、俺はありのままのいきさつを語った。

「へえ、さすがだな糸子さん。雪が降らなんだら、冬子になっていたかもしれねえ」

三郎さんは面会所の窓に目を向けて、湯気に曇ったメガネを拭いながら、しみじみとそう言った。


眠っちまったか、マリアさん。

かわいそうに、よっぽどくたびれてるんだな。指一本ふれやしないから、蒲団《ふとん》に入って寝たらどうだい。うたた寝をしていたら風邪ひいちまう。

軍隊毛布は暖かいだろう。古いやつはすり切れて薄っぺらだが、俺が餞別に頂戴したそいつは、まだふかふかだ。

聞いてくれるってか。まったく、マリア様みてえな人だな、あんたは。

補充隊を乗せた列車は、名古屋と大阪で乗り継いで下関《しものせき》へと向かった。まだ空襲もない時分だから、呑気《のんき》な旅だった。対馬《つしま》海峡を渡り、朝鮮半島を縦断して満洲へ——と、そのつもりでいたんだが、釜山《ふざん》で足留めを食った。

何日かすると、遼陽にいるはずの松本聯隊が下がってきた。また幾日か経《た》つうちに、今度は内地から、豊橋《とよはし》の聯隊と奈良の聯隊がぞろぞろとやってきた。一個師団の大兵力が釜山に集結したんだ。

何が何やらわからんし、噂だって聞こえてこない。ただし、外套《がいとう》と冬衣を返納して夏衣が配られたときは、まずいことになると思った。

兵隊は三隻の輸送船に詰めこまれた。いったん瀬戸内の宇品《うじな》港に寄ったあと、船団は太平洋を南下した。それでも行先はわからない。ともかく、どこか南方の戦場に送られることはたしかだった。

忘れもしない。二月二十九日の夕方に、豊橋聯隊の乗っていた輸送船が沈没した。潜水艦の魚雷をくらったんだ。俺たちは戦地に向かうんじゃなくて、戦場の真只中《まっただなか》にいると知った。

信州の兵隊はあらまし金鎚《かなづち》で、補充兵の中には海を初めて見るやつもいた。もしこの船が沈んだら、誰も助からないと思った。むろん俺も泳ぎはからきしだ。

それでも無事に、マリアナのテニアン島に到着した。グアム、サイパン、テニアン。

マリアナ諸島はけっして奪われてはならない、本土の防衛線だった。とりわけ、テニアン島には大きな飛行場があったから、万が一敵の手に渡ったら、内地が爆撃機の射程圏に入ってしまう。松本聯隊に海軍の根拠地隊や戦車隊まで加えて、護《まも》りを固めたのはそういう理由があったからだ。

テニアンは極楽のような島だった。海岸ぞいは椰子《やし》の森で、内陸は見渡す限りの砂糖《さとう》黍畑《きびばたけ》、おまけに揚がったばかりの鰹《かつお》の刺身が、毎日のように食えた。もともと日本の統治領だから、内地や朝鮮から渡ってきた移民も大勢いた。

極楽だった。戦争さえなけりゃな。それからの何ヵ月かは陣地構築に明け暮れたが、あんな平和で美しい島に敵が攻めてくるとも思えなかったし、もしそうなったところで、これだけの兵力と陣地があれば押し返せると思っていた。

ああ、戦の話はよそう。地獄の有様なんて、思い出したくもない。いや――話せば口が腐る、聞けば耳が腐るというのは、戦争の有様じゃない。

そうこうするうち、青い海が真黒に見えるくらいの敵が押し寄せてきて、テニアンは十日と持たずに陥落した。八千人余りの守備隊は全滅だ。

松本聯隊は軍旗を焼いて玉砕した。日露戦争のさなかに編成され、郷土の誇りだった歩兵五十聯隊は、南洋の孤島で消滅したんだ。

俺は生き残った。運がよかったわけじゃない。ろくな戦もせずに、ジャングルの中を逃げ回って生き延びた。

南洋の島に季節はなかった。だから、一年という尺もわからない。長かったのかも、短かったのかも。

そうだなあ。最初の三月《みつき》が兵隊。次の三月が人間。その次の三月が餓鬼。しまいの三月は、けだものだ。だが、妙なことにはその間ずっと、糸子の亭主で、夏子と雪子の父親だった。

玉砕といっても、ひとり残らず死んだわけじゃない。何百人もの兵隊がジャングルを逃げ回っていたと思う。だが、一年も生き延びたやつはそういなかっただろう。

テニアンはちっぽけな島だが、砂糖黍だの鰹節の工場だのがあったから、一万五千人もの住民がいた。むろん男たちは日本軍とともに戦ったが、軍隊が全滅したあとも大勢の住民が残っていたんだ。俺は亭主も倅も殺されたそういう住民たちの小屋から、わずかな食い物を盗み、ときにはめぐんでもらって、どうにか生き永らえていた。

降参すれば殺されると思っていた。たぶん住民たちもそう思っていたから、俺をまるで落人《おちうど》みたいに匿《かくま》ってくれていたんだろう。

あるとき、ジャングルの壕《ごう》から這《は》い出して砂糖黍を囓《かじ》っていたら、畑をかき分けて朝鮮人のばあさんがやってきた。

出くわしたとたん、ばあさんはびっくりするよりも大喜びをして、アメリカの缶詰を開けてくれた。ほっぺたの落ちるくらいうまいコンビーフだった。貪《むさぼ》り食う俺の背を撫でながら、ばあさんは言った。

戦争が終わったと。日本が降参したんだから、兵隊さんも降参していいんだよ、と。

人の気配を感じてギョッと頭を上げたら、砂糖黍よりもでかい米兵が俺を取り囲んでいた。やつらはくわえタバコでつっ立っているだけで、何も話さなかった。

罠《わな》にかかったと思った。もう遁《のが》れようのない罠に。

日本が降参したなんて、誰が信じる。米軍はこんなふうにして、ジャングルに逃げこんだ日本兵をしらみ潰しに殺しているんだろうと思った。

丸腰の俺に、いくつもの銃口が向けられていた。俺は手を挙げなかった。そのかわり、砂糖黍畑の風を読んで、海のほうに向かって正座をした。まるで親父に叱られたときみたいに、けっしてうなだれず、背筋を伸ばして、日本がどっちかはわからなかったけれど、見つめる先にふるさとがあると信じた。

米兵が何かを言った。「何か言い残すことはあるか」と言ったんだと思った。

考えるまでもなく声が出た。

「いとこ、なつこ、ゆきこ」

米兵たちが笑ったのは、意味がわからなかったからだろう。

「いとこ、なつこ、ゆきこ」

二度言った。思い残すことも、言い残すことも、それだけだった。ばあさんだけが大声で泣いてくれた。俺の思いが通じたんだろうが、たぶんそれだけじゃなかろう。あのばあさんはきっと、倅やら孫やらに死なれて、ひとりぽっちになっていたんだと思う。

そうして、俺の戦争は終わった。

なあ、マリアさん。

ずいぶん前置きが長くなったが、ここからが胸の腐る話なんだ。

何だか、泣いている女を叩《はた》くような気もするけれど、耳を塞がずにいてくれ。

南方の兵隊が真先に復員したのは、マッカーサーの恩情だそうだ。悪い戦をして生き残ったんだから、さっさと帰って養生せえと。

復員船は神戸港に入り、各自が毛布と携帯口糧と、復員証明書を貰って解散した。ついこの間の話なんだが、十年も昔のような気がする。

神戸も大阪も一面の焼け野ヶ原だった。松本もどうなっているのかわからない。ともかくみんな無事でいてくれろと祈った。もっとも、この俺が地獄から生きて帰ってきたんだから、悪い話などあるわけはない、とも思っていた。

名古屋から中央本線を乗り継ぐと、もう気が急《せ》いてならなかった。燃料が足らんのか、溢れんばかりの買い出し客を用心しているのか、汽車はのろのろと走り、どうかすると小駅に一時間も止まったまま動かなかった。

あのときほど生まれ故郷を懐しんだおぼえはなかった。

帰郷。ふるさとに帰る。錦を飾るやつも、死に損ねたやつも、分け隔てはしない。ふるさとはおふくろそのものだった。

まァつもとォー。まァつもとォー。

夜更けのプラットホームに降り立ったとき、俺は両の膝が震えてしまって、歩き出すことができなかった。

メガホンを掲げてそう伝える駅員の声を、俺は神様のご託宣みてえに、目をつむって聞いた。

帰郷。ふるさとにたどり着いた。あたりを見渡せば、やはり棒杭のようにつっ立っている男が、何人もいたっけ。

復員兵の姿もあった。話しかけてみると、同じ松本聯隊でもいわば弟分の、百五十聯隊の兵隊だった。マリアナよりまだ先のトラック島を護っていたのだが、さんざ爆撃はされたものの、敵の上陸はついになかったらしい。俺が五十聯隊だと名乗ると、そいつは戦闘帽のてっぺんから軍靴の爪先までしげしげと見つめて、信じられん、という顔をした。

そうさ。五十聯隊は玉砕したんだ。

むろんテニアンの生き残りは俺ひとりじゃなかったはずだが、それらしいやつとは復員船の中でもけっして言葉をかわさなかった。誰かに話しかけられても、顔をそむけて呆《ほう》けたふりをした。

部隊ごと武装解除された兵隊と、玉砕した部隊の生き残りは、それくらい素性がちがうように思えたんだ。

故郷にたどり着いてほっとしたせいか、俺はそのとき初めて正体を明かした。だが、それを聞いた兵隊は、まるで幽霊にでも出くわしたみたいに、しげしげと俺を見つめた。

もし俺が女房子供を持たない独り身なら、後先かまわず帰郷したりはしなかったと思う。いや、永遠に帰らなかったかもな。

恥晒しかい。いいや、そんな上等なものじゃない。同じ釜の飯を食った兵隊たちが、みんな死んじまったんだ。殴り殴られしたやつらも、幼なじみも、同級生も、小作の倅たちも。そいつらの魂をそっくり肩に担いで帰るほど、俺は体も心も強くはなかった。

ただひたすら、女房子供に会いたかった。その気持ちが何よりもまさって、まっしぐらに帰ってきただけだった。

人の波が階段の昇り口に消えてしまうまで、俺は汽車の吐き出す油煙に巻かれて、プラットホームに立っていた。まるで根が生えたみたいに。どの面下げて帰ってきたのだと、てめえでてめえを責めながら。

いったいどれくらいそうしていたんだろう。

いいや、そうじゃなかった。ひとけのなくなった待合所の隅の長椅子に腰かけて、ふと我に返ったんだ。

プラットホームの灯は落ちていた。その向こうには月夜の山なみが影絵になっていて、吹き過ぎる夜風がここちよかった。

横あいから差し出されたタバコをくわえると、小刻みに震える誰かの手が、マッチの炎を向けた。

俺の体も震えていた。寒くもないのに。

「なあ、庄ちゃ。聞き分けてくれねえか」

ぴったりと俺に体を寄せ、うなだれた頭を合わせるようにして、三郎さんは言った。

「僕と出くわしたのは、偶然なんかじゃねえぞ。きっと、諏訪の大神様の思《おぼ》し召《め》しだ。だでせ、庄ちゃ。ここは何も言わねえで始発の汽車に乗れってこっさ。どっかに落ち着いたら、松本高校の気付けで便りをほしい」

三郎さんは懐を探って、ありったけの金を俺の掌に握らせた。

真白になった頭の中にようやく、三郎さんの語った事の顚末が滲《にじ》み出てきた。
ものぐさな牛みてえにのろのろとプラットホームを歩き、跨線橋《こせんきょう》を渡り、改札口を出ようとしたところで、三郎さんに抱きつかれた。戦闘帽の庇を引き下げられ、待合所の隅に連れこまれたんだ。

三郎さんの話はてんでんばらばらの散らかり放題だったし、俺の耳だってまだまともに人の話を聞けやしなかった。だから、三郎さんの声は吹き過ぎる夜風と同じだった。

要はこういうことだ。

テニアンの玉砕は去年の八月二日。前後してグアムやサイパンの守備隊も全滅していた。

軍隊の動きは秘匿されていたが、それでもどこからどう伝わるものか、五十聯隊はマリアナ諸島にいるという噂は公然としていたらしい。

夏のうちに聯隊区司令官から戦死内報が、翌日に県知事名の公報が届いた。誰だって信じたくはなかったが、あちこちで葬式が出始めれば信じるほかはなくなった。

同郷人はあらまし同じ戦地に行っているんだ。いつまでも弔いをしないのは、あきらめきれんと言っているも同じじゃないか。

なにしろ玉砕なんだから、いつ、どこで、どんなふうに死んだかなんてわかるわけはなかろう。戦死公報によると、古越庄一一等兵は昭和十九年八月二日に、「西太平洋テニアン島」に於《お》いて名誉の戦死を遂げたらしかった。

葬式を出し、墓石も建てた。信じる信じないではなくて、納得するほかはなかった。

親父は年の瀬に死んだ。俺が出征したころから胃の調子がおかしかったらしいが、戦死公報を受け取った晩に血を吐いて倒れた。三貫目も痩せて寝たきりになっても、とうとう医者にはかからずじまいだったそうだ。

いよいよとなったころ、親父は家族を呼んで言った。

庄一が戦死したからといって、古越の家をしまいにするわけにはいかない。ご先祖様にはあの世でお詫《わ》びもできようが、古越を頼っている代々の百姓を飢えさせたのでは申しわけがたたん、と。

そうして、精二と糸子は夫婦《めおと》になった。夏子と雪子は精二の子になった。内輪でささやかな祝言も挙げた。親父は柱に背をもたせかけ、穿《は》けぬ袴を膝の上に拡《ひろ》げて見届けたそうだ。

「誰も恨まねえでくれ。な、庄ちゃ」

三郎さんは俺の体を抱き寄せ、ひそみ声を嗄《か》らしてそうくり返した。

「夏子も精ちゃをおとうさんと呼んでるずら。雪子ははなから、精ちゃを父親だと信じるがね。糸子さんも了簡《りようけん》してる。な、庄ちゃ。僕は誰の肩を持ってるわけじゃねえでせ、庄ちゃも了簡しとくれや」

誰も恨みはしない。憎いのは戦争だけだった。俺はまるで艦砲射撃のさなかみたいに、頭を抱えて身をすくめた。

言葉がうまく声にならず、「会いてえ」とだけ言った。そういうことなら、今さら元の鞘《さや》に収まろうとは思わない。ただ、精二に後事を托《たく》し、糸子をねぎらい、夏子を膝に抱き、まだ見ぬ雪子に頰ずりをしたかった。

俺は泣きながら懇願した。「会わせてくれ」と。

三郎さんはかぶりを振った。それからためらいがちに、こう言ったんだ。

「あんなあ、庄ちゃ。糸子さんの腹の中には、精ちゃの子がいるずら」と。

恨むな、憎むな、と俺は自分を叱り続けた。やり場のない怒りは反吐《へど》になった。

神様の思し召しか。そうじゃあるまい。きっと三郎さんだけは、口には出せんが俺が生きていると信じていて、くる日もくる日も、松本駅の改札に立っていたんだろう。親父が毛嫌いしていた三郎さんは、古越の家の守り神だった。その思し召しなら、逆らってはなるまい。

「きょうのことは、夢だと思って下さい」

それだけを言って口を拭い、俺は立ち上がった。

改札を抜けて暗いプラットホームに立つと、ふるさとの風がやけに冷たく身にしみた。月夜の山なみは、ぞんざいな書割《かきわり》のようだった。

話はこれでしまいだ。

耳が腐っちまったろう。だが、おかげで俺の胸はいくらか軽くなった。

なあ、マリアさん。

戦地では神も仏もないと思っていたんだが、どっこいそうとも言えんらしい。

テニアンの砂糖黍畑と、夜更けの松本駅で、俺は神様に出会った。朝鮮人のばあさん。

三郎さん。二度あることは三度あるというから、ハハン、もしかしたらあんたが、三人目の神様かもしれないな。

さて、ぐっすり眠るとしよう。久しぶりのお座敷だ、すまんが添寝をさしてもらっていいか。体は念入りに洗ってきたから、臭くはないと思う。

まさか口説くつもりはないが、あんた、いい女だな。

＊

乾いた寝床に身を横たえると、綾子は男の手を握った。

「あたし、神様なんかじゃないわ。アヤコって呼んでよ」

三畳の寝間は茶室のような設《しつら》えで、枕元の円い窓には月かげが映っていた。

一輪ざしの花瓶に、固い蕾《つぼみ》を綻《ほころ》ばせた山茶花《さざんか》が生けてあった。闇の中に白く小さな顔をめぐらせて、ほのかな月あかりを慕っているように見えた。

じきに冬がくるのだと思った。暑さ寒さはそう当てにはできないが、花は正しく季節に服《まつろ》う。

座敷は清らかで、闇市の饐《す》えた匂いも、いまだ燻《くすぶ》り続けているような焼け跡の焦げ臭さも感じられなかった。

「ねえ、庄ちゃん。アヤコって呼んでよ」

いったい何が悲しかったのだろうか、男は名前を呼ぶかわりに、咽《のど》を鳴らして泣いた。それから思い切ったように、ひとこと「アヤコ」と呟《つぶや》いてくれた。

米兵はみんなやさしいけれど、やっぱり日本の兵隊は心の底からやさしい、と綾子は思った。

手を繋いで仰向いたまま、ふと、新橋のマーケットで心中した、復員兵と街娼のことを考えた。

たぶん無理心中なんかじゃない。こんなふうに出会った男と女が、いっときの気の迷いでもなく、魔がさしたわけでもなく、納得ずくで死んだのだろう。

バッグの中には、折り畳みの肥後守《ひごのかみ》が入っている。でも、男が納得してくれるのなら、梁《はり》から吊《つ》り下がれば手っ取り早い。

どちらが切り出しても答えは同じで、むしろ相手がそうと言い出してくれるのを、たがいに待っているような気がした。

死んでよ、庄ちゃん、と口にするすんでのところで、男が言った。

「あんた、里はどこ」

「あんたじゃないでしょうに」

「ああ、そうか。もとい、アヤコさんの里はどこ」

「信州よ。でも、松本じゃないから安心をし」

盆地に人が住まう長野県は、土地がちがえば他国も同じだ。

「帰らんのか」

綾子はためらいもなく肯《うなず》いた。

「帰らんのか、それとも帰れんのか」

「両方。親に売られたようなものだし、行方が知れなくたって探しもしないわ」

あんたと同じよ、と言ったつもりだった。

さあ、誘ってよ、庄ちゃん。

「このさき生きてゆくのには、何か不都合があるか」

おいでなすった。死んで泣く人はいないか、と言っているようなものだ。

「何もないわ。なあんにも。だって、生きてゆくことのほうが不都合じゃないの」

男は平たい胸がいっそう潰れるほどの、深い溜息《ためいき》をついた。

夜汽車の汽笛が渡った。思いとどまれ、とでも言わんばかりに。

さっさと行くがいいさ。帰るところのある人間だけ乗っけて、とっとと行っちまえ。

「あんたに頼みがある」

「あんた、じゃないってば」

綾子は男の手をきつく握りしめた。しかし、男は名を呼ぶかわりに、思いがけぬことを言った。

「俺と一緒に、生きてくれないか」

聞きちがいではないと思ったとたん、男は神様みたいに強い力で、綾子の体を抱きしめてくれた。

鯣《するめ》のように乾いた男の唇は、不幸の味がした。これだけからからにひからびていれば、嘘などつきようはない。

勇敢な男の一言を信じると、ふいにあたりの闇が払われて、眩《まばゆ》い青空が瞼を被った。

悲しいんだか、嬉しいんだか、よくわからない。でも、たがいの心の奥深くに、帰るべきふるさとがあるのはたしかだった。

しがみついた庄ちゃんの体は、見知らぬ南洋の島の、潮風とお天道様《てんとさま》の匂いがした。

鉄の沈黙

月明の海峡を渡って、木製の大発艇が岬にたどり着いたのは奇跡だった。

岩場を避けて艇を操りながら、船舶工兵は岸に向かって呼んだ。

「高射砲、高射砲、ツルブからの弾薬輸送。誰かいるかァ」

あの世への道連れになるはずだった船舶工兵の声を聞くのは初めてである。よほど無口な男なのか、声も出せぬほど緊張し通しであったのか、清田吾市《きよたごいち》がいくら話しかけても、舵輪《だりん》を握ったまま答えなかった。

「ここにまちがいないのですか」

清田は闇に目をこらしながら訊《たず》ねた。

「ああ。ほれ、そこの突端に吸い口のような岩が飛び出とるだろう。胴がくびれていて、瓢簞《ひょうたん》に見えるから瓢簞岬だ。歩哨《ほしょう》を立てとらんのかな。それともみんなやられちまったか」

初めて船舶工兵と言葉をかわして、清田は人ごこちがついた。

それにしても、岬と呼ぶにはいささか大げさな岩場である。ニューブリテン島のツルブから魔のダンピール海峡を越え、海図も読まず磁石も使わずに、ニューギニアのこんなちっぽけな岬にぴたりと接岸するのは、任務とはいえたいしたものだと思う。しかも途中では敵の魚雷艇に二度も出くわし、エンジンを止め息を殺してやり過ごした。そのつど大発は海流に押し流されていたはずである。

岬をめぐると粗い砂浜の入江があって、二人の兵が手を振っていた。

「よおし。命を棒に振らんですんだ」

大発は揚陸用の平らな船首を砂浜に向けた。

「ところで、貴様はツルブに戻るのか、戻らんのか」

清田は答えあぐねた。砲兵段列からの命令は、八八式《はちはちしき》七センチ野戦高射砲の修理である。しかし大発を操る船舶工兵の任務は、その修理係と弾薬とを前線の砲兵陣地に送り届けることだった。修理をおえたあとどうせよという命令を、清田は受けていない。

「おまえのような補充兵に、決心せいというのも酷だがな」

船舶工兵は歴戦の髯面《ひげづら》をしかめて笑った。

「決心せよ、とはどういうことですか」

「イチかバチかで、俺と一緒にもういっぺんダンピールを渡るというのなら、明日の晩まで待ってやる。陣地に残るのなら、砲の修繕に手間がかかるということでよかろう。もっとも、ここに残ったところでどうなるかはわからんが」

船底が砂を擦《こす》って、大発艇は浜にのし上がった。その確かな陸の感触が、清田に決心をさせた。

「自分は泳げませんので、できればここに残りたくあります」

海で死ぬか陸《おか》で死ぬかと訊《き》かれたようなものであった。敵の高速魚雷艇を、息をつめてやり過ごす恐怖は二度と味わいたくなかったし、その恐怖が帰路も恐怖だけで終わるとは思えなかった。

「高射砲弾、百五十発。二十ミリ機関砲弾、四百発――それと、段列の修理要員一名」

「おお、ぎょうさんきよったな。ごくろうさん」

浜に続く密林から、さらに何人かの兵が出てきた。騎兵銃を背に回し、腰まで水につかって素早く荷下ろしを始める。

「分隊長の青木軍曹だ。異常はなかったか」

異常なし、と弾薬箱を兵に手渡しながら船舶工兵は答えた。魚雷艇に二度も遭遇したのは、べつだんの異常事態ではないらしい。異常なしかと問われて、異常なしと答えるのは、さして意味のない戦場の挨拶のようなものであった。命があれば異常なしなのである。だから異常ありという返事が当人の口から出ることはありえない。

南洋の満月に白く染まった海岸で、わずかな砲弾の揚陸は終わった。

「申告いたします」

浜に戻った青木軍曹に向き合って、清田は敬礼をした。

「それはともかく、おまえ、帰らんのか」

揚陸をおえた大発は船首の歩板を上げていた。挙手をおろして、清田は答えた。

「途中二度も魚雷艇に遭遇いたしました。自分は泳げませんので」

大発は兵たちの手で浜から押し出され、エンジンをかけた。

「もう少しましなことを言えんのか。自分は砲兵でありますから砲とともに死にたくあります、などと言えば感心もしてやる」

ベニヤ板の船腹を翻して大きく回頭し、大発は去ってしまった。海から上がってきた兵たちが口々に言った。

「この満月のベタ凪《な》ぎでよォ、よくも無事にこられたもんだ」

「しかもトンボ返りにツルブまで戻るいうのは、死にに帰るよなもんやないか。あいつら、生き死になぞ何とも思てへんのやろか」

「ありがてえなあ。糧秣《りょうまつ》もたんと持ってきてくれた。銀シャリに牛缶だとよ」

「たらふく食うて死ねいうことやろ――あかんな、すっかり根性が卑屈になってしもとる」

「食い物もろくに持たずに転進するやつらよりは、ましかもしれんぞ」

清田は兵たちの声に耳をそばだてた。ここがニューギニアのどこの陣地で、どのような戦況下にある場所かは知らなかった。

「申告はいい。みちみち話そう」

工具箱と油缶を持てば、弾薬の搬送に手を貸す余裕はなかった。補充兵のいない南方戦線では、清田はいつまでたっても新兵と同じである。率先して働くのは習い性になっていた。

「あんたは砲を修理してくれればええのや。さっさと行かんかい」

重い弾薬箱を砂浜に曳《ひ》きながら、関西弁の兵長が言った。

ジャングルに分け入ると、先を行く軍曹の背も見失いそうな闇になった。

「駐退復座器が壊れて、砲身が上がらんのだ。おまえ、直せるか」

一等兵などに直せるものか、と聞こえて、清田は軍曹の濁声《だみごえ》に追いすがった。

「自分は、大阪の造兵廠《ぞうへいしょう》に勤務いたしておりました。これでもれっきとした技術者であります」

ふうん、と軍曹は歩きながらつまらなそうに鼻を鳴らした。

「ということは何だ。工場で砲を造っておった技師が、前線にかり出されたのか」

「いえ、応召した兵のひとりがたまたま技師だったのであります。どちらでもいいことではありますが」

「まあ、たしかにどっちでもいいな。で、どうしてその技師さんが、こともあろうにうちの高射砲を修繕するはめになったんだ」

「どうして、と言われましても——しばらくパラオにおりましたのですが、自分ひとりだけ潜水艦でラバウルに送られました。数日前に段列の命令で、ニューギニアの前線陣地に砲の修理に行けと。それから駆逐艦でツルブの海軍根拠地に進みまして、大発艇でここにやってきました」

ははっと、軍曹はさもおかしげに笑った。

「何だかスゴロクのようだな。軍司令部の参謀がちょいとサイコロを振って、おまえさんはそのサイの目通りにトントンとここまで進んできたってわけだ。はい、一丁上がり」

もののたとえをしばらく深刻に考えてから、清田はおそるおそる訊ねた。

「上がり、でありますか」

「ああ、上がりだね。もうこの先、サイの目まかせに動く必要はあるまい」

「どういうことでしょうか」

「師団はラエに向かって転進した。砲兵隊はサラモアに踏みとどまって敵の追撃を阻止するのだ。もっともその砲兵もみな潰されて、今じゃこの瓢箪岬の陣地が残っているきりだがな。つまり、動いてはならんし、動きようもない」

自分を置いて帰った船舶工兵は、そうした戦況を知らなかったのだろうか。いや、知っていたからこそあえて訊ねたのかもしれない。ただ彼自身も、生きてツルブに戻る自信がなかったのだ。

「俺の分隊が生き残っているのは、高射砲が壊れちまって射撃ができなかったからだ。こっちが一発撃てば、敵は百発撃ち返してくる。砲弾も爆撃もおそろしく正確だ。それにしてもなあ――」

軍曹はジャングルから陣地に登る岩場で息をつぎ、木の間《こま》がくれに望む入江を振り返った。満月が皓々《こうこう》と照らす海は、静かに延べ置かれた鏡のようで、大発艇の影はどこにも見えなかった。

「ラエの砲兵段列から修理要員と弾薬を送ると言うてたんだがよ、まさかわざわざラバウルから海を越えてくるとは思わなかった。軍隊ちゅうところは、おかしなものだな」

スゴロクのたとえが身に応えて、清田は体がしぼむほどの溜息《ためいき》をついた。赤紙一枚で召集されてからわずか一年の間に、まったくサイの目次第の駒のように動かされて、とうとうここまできてしまった。

「あ、そうかァ」と、軍曹は思いついたように言った。

「師団はラエも放棄してマダンの後方まで退《さ》がるとかいう噂《うわさ》があったがよ。だとするとラエの段列はそれどころじゃないわな。義理堅いうのかな、わざわざラバウルに連絡して、約束を果たしたちゅうことだろ」

岩場を這《は》い上がると、椰子《やし》林の空を円く開いた陣地があった。

二十ミリの対空機関砲が星空を仰いでおり、その先の掩体《えんたい》の中に、砲身の上がらなくなった八八式高射砲が、まるで仏の前にひれ伏す僧のように、黒ぐろと蹲《うずくま》っていた。


「あんた、いくつやねん」

飯盒《はんごう》の蓋に白湯《さゆ》を注いで勧めながら、大村《おおむら》兵長が語りかけた。方言が改まらないのは、娑婆《しゃば》ぐらしの長かった召集兵だからであろう。

「わしは三十五で、内地にはかみさんもガキもおるのや。ま、そういうしょうもないことは言いっこなしやけど」

「二十七です」

工具の点検をしながら清田は答えた。修理は夜が明けてからだ。

「造兵廠の技師いうからには、上の学校を出とるのやろ。だったら甲幹に志願しとりゃよかったもんを。それとも、落ちよったか」

「いえ、受けませんでした」

「ひゃあ、もったいないわあ。大学出なら立派な技術将校やないか。よしんば戦地に送られても、後方段列でふんぞり返っておれたによ」

そうした道は知っていたし、入営したときから強く勧められてもいたのだが、陸軍将校と聞いただけで腰が引けてしまった。そもそも体力に自信がなかったので、技術者の人生を選んだのだった。工場から応召した同僚たちが甲幹を受験して将校になったという話は、耳にしていない。

若い一等兵が横あいから口を挟んだ。

「どうせ死ぬなら将校で、とは思わんかったですか。自分がもし上の学校を出ていたら、迷わんかったですよ」

「どうして」と、清田は顔つきにいまだ幼さの残る兵に向かって、気やすく訊き返した。

「どうしてって、まず墓の貫禄《かんろく》がちがうでっしょうが。俺なんか、陸軍一等兵鈴木太一《すずきたいち》郎《ろう》だもんね。それがよォ、陸軍砲兵少尉鈴木太一郎なら、親だって鼻が高いってもんでしょう」

「そうかな。子供に死なれて鼻が高い親など、いないと思うけれど」

言い返そうとする鈴木一等兵を、大村兵長の声がやんわりと宥《なだ》めた。

「まあまあ、太一。人にはそれぞれ考えいうものがある。すまんねえ、清田さん。こいつはたいしたもんで、赤紙を買《こ》うて出た志願兵ですのや。体はええし根性はあるし、度重なる陣地変換かて、こいつが五人分もよう働いてる。訓練が足らん分、高射砲の射撃にはまだ役には立ちませんけどな、十キロの弾薬を両手でさばけるのやから、みんな大助かりなんですわ」

「ほめられてるのか、けなされてるのかわからん」

鈴木一等兵は鉤形《かぎがた》の濃い眉をひそめて、大村兵長を睨《にら》みつけた。

「そらおまえ、ほめてるにきまっとるやないの。ようけやられてもうて、分隊の手が足らん分はおまえが支えとるんや——あかん、酔っ払いがきおった」

天幕から出てきた人影をちらりと振り返って、大村はそそくさと立ち上がった。月明りに照らされた半袴《はんこ》の脛《すね》の細さに、清田は彼らの口に出さぬ苦労を見たような気がした。

「佐々木伍長《ごちょう》殿には、立って敬礼をしなけりゃいかんですよ」

そう言い置いて、鈴木一等兵も闇の中に消えてしまった。

見るだにたくましい人影が、よろめきながら近付いてきた。清田は立ち上がって軍靴の踵《かかと》を合わせ、膕《ひかがみ》を思いきり伸ばして敬礼をした。

「誰《たれ》かァ。知らん顔じゃのう」

「軍司令部段列から参りました、清田一等兵であります」

「ふん。ラバウルからわざわざ死ににきたバカはおのれか。砲兵は砲のかたわらで死にたいだと。分隊長殿はさかんに感心しとったがよ、俺はそういうきれいごとを口にするやつは嫌いだ。どれ、バカ面を見せろ」

佐々木伍長は指先で清田の顎をつまみ上げると、手にした水筒をむりやり唇に押しこんだ。

「まあ飲め。斬り込みに出てよ、濠州兵《ごうしゅう》の陣地から頂戴してきた獲物だ。酔っ払いを相手に戦をするのに、こっちがしらふじゃやってらんねえ。ちがうか、技師さんよ」

ウイスキーが咽《のど》を灼《や》いて、清田は激しく噎《む》せ返った。

「自分は、砲のかたわらで死にたいなどとは言っておりません。泳ぎが苦手なので陸に残りました。残留の理由はそれだけであります」

佐々木の拳《こぶし》が頰を捉えて、清田はたまらずに倒れ伏した。たちまち立ち上がって背筋を伸ばした。

「伍長殿、自分が悪くありました」

もういちど、佐々木は清田の顔を殴りつけた。

「べつに貴様が悪いわけじゃねえよ。俺の虫の居所が悪いだけだ」

「ありがとうございました」

佐々木は巨体をのしかけるように肩を組み、羊歯《しだ》を折り敷いた地面に清田を座らせた。飯盒の蓋の白湯を捨て、なみなみとウイスキーを注ぐ。

この手の下士官には、何をどう言おうが鉄拳の返事が返ってくる。しかし内務班の陰惨ならわしを戦場にまで持ちこんでくる兵隊を、清田はほかに知らなかった。

「どうして俺の虫の居所が悪いか、教えてやろう」

「はっ、聞きたくあります」

「楽にせえ。挨拶は終わりだ」

佐々木伍長はことさら清田の肩を抱き寄せ、蠟燭《ろうそく》の光がわずかに洩《も》れる天幕に向かって、聞こえよがしの大声で言った。

「分隊長殿が言うにはよ、師団はサラモアを捨ててラエに転進したばかりか、ラエも捨ててキアリに逃げるんだと。そんなバカな話があるもんか。ラエからキアリいうたらおまえ、海抜四千メートルもあるサラワケットの山脈を越えるだぜ。距離だっていったいいくらあるのかは知らねえが、一万何千もの兵隊が夏の軍衣で、富士山より高い山を越えて何百キロも歩くだぜ。ひとりも生きてたどり着けるもんか。おい、おまえ、富士山に登ったことあっか」

「ありません」

想像を超えた想像をしながら清田は答えた。ニューギニアという巨大な島の有様は、何ひとつ知らない。

「俺はよ、新兵教育の一環とかで、富士山のてっぺんまで登ったことがある。三千メートルを越せァ、たらふく食っている新兵だって息が上がっちまって、何十歩も進めねえ。それも四千メートルとなれァ、気温は氷点下じゃねえんか。そんな山をいくつも越えてよ、兵站《へいたん》も糞《くそ》もねえ腹っぺらしの兵隊が、生き残るわけねえだろ」

戦場の悪い噂など、信ずるべきではないと清田は思った。ましてや佐々木伍長は正体もないほど酔っている。

「な、清田よ。信じらんねえだろう。おまえがついきのうまで楽をしていた軍司令部じゃよ、そんなバカバカしい作戦をたてていたんだ」

「信じられませんが」

水筒の酒をぐびりと呷《あお》って、佐々木は続けた。

「お隣りの第二分隊のただひとりの生き残りでよ、ちょいと頭は足らんが体の足りてる兵隊がいるんだ。そいつが、隊長も分隊長も戦死しちまったのをこれ幸いと、ひとりで師団を追及したのさ。そしたら、お笑いじゃねえか、すぐそこのフランシスコ川の向こう岸に、やっぱり俺たちと同じように置き去りにされた機関銃中隊がいてよ、そこの隊長にぶん殴られて追い返されたんだと。そんとき、その隊長が言わでものことを言いやがった。師団はラエも捨ててサラワケットを越える。どうせ生きてキアリまでたどり着ける兵隊はひとりもいやしねえんだから、貴様も陣地に戻って濠州兵やアメ公のひとりでも殺して死ね、だとよ。バカな兵隊は、泣く泣く川を渡って、やっとの思いでつい今しがた、うちの分隊に舞い戻ってきたってわけさ。なあ、清田。将校がそんな嘘《うそ》はつくめえ。ましてや川向こうの機関銃中隊なら、無線も持っとろうし、伝令の行き来もあるわな。だとすると、おまえがわざわざラバウルからやってきたのも、わからんでもねえんだ。師団の砲兵段列は、今ごろ砲も弾薬もおっぽらかして、山登りをしてるんだから仕方あるめえ」

デマだろうが悪い噂だろうが、すべての説明はついてしまう。清田は大発艇に乗って帰らなかったことを、今さら悔やんだ。

「まあ、師団がどうなろうと知ったこっちゃねえがよ。ただ、俺たちがここに磔《はりつけ》になって死ぬることに、意味がなくなるってのがたまらねえ」

「自分も――」と言いかけて、清田は声を塞いだ。

「そうさ。サラワケットを越えるのもバカなら、その時間かせぎに戦う俺たちもバカ、その俺たちの砲をわざわざラバウルから直しにきたって、おまえが一等のバカだ。バカには感状も金鵄《きんし》勲章もありゃしねえぞ。何たって俺たちの働きぶりを見てるのは敵さんだけだ」

清田の肩をつき放して立ち上がると、「酒だ、酒だ」と呼ばわりながら、佐々木伍長は月かげの向こうに消えてしまった。

天幕から木箱を抱えた兵が出てきた。ひどく痩せていて、近付くほどに生気のない顔色が瞭《あきら》かになった。じきにもうひとり、これは元気のいい足どりの兵が追ってきて、労《いたわ》るように木箱を受け取った。

「段列さん、段列さん」

痩せた兵は切なげに清田をそう呼んだ。

「キニーネ、ありませんか」

兵がマラリアの熱によろめいていることはひとめでわかった。持っていない、と清田が答えると、兵はいかにも望みを絶たれたというふうに倒れこんでしまった。

ぼんやりと木箱を抱えたまま、後を追ってきた兵隊が言った。

「仕様がないですよォ、兵長殿。朝になったら自分がもういちど川向こうの機関銃中隊まで行って、分けてもらいますから、辛抱して下さい」

しばらく死んだように俯《うつぶ》してから、兵長は首をもたげた。

「うまいこと言いやがって、今度こそずらかるつもりだろう。逃げられるもんなら逃げてみやがれ。それとも褌《ふんどし》振って、アメ公に降参するか」

「そう責めんで下さい」

「貴様、マラリアは平気なんかよ」

「平気なもんすか」

虎刈りの坊主頭で、ぼんやりと腑《ふ》抜《ぬ》けた顔付きの上等兵は、清田の足元にどさりと木箱を置いた。

「好きなだけ食えって、分隊長殿が」

ダンピール海峡を渡ってきた軍司令部の修理要員というだけで、瓢簞岬の兵たちは一等兵の清田に一目置いているようだった。

「自分は食い物を持っておりますので、どうぞみなさんで」

清田が肩から下げた雑嚢《ざつのう》を示すと、高熱に冒された目をとろりと向けて、兵長が言った。

「へえ。段列じゃ余分な食い物を各個に持っていなさるんか。どうぞみなさんで、かよ。ああ、文句を言う気力もねえや。キニーネ、ねえのか」

ありません、ともういちど答えると、兵長はそのまま萎《な》えるように俯して、荒い息をついた。

「ここじゃ鉄鉢《てつぱち》なんざ何の役にもたたねえんだよ。キニーネだ、キニーネ」

この陣地の兵たちが鉄帽を持っていないことに、清田は気付いた。誰もがぼろぼろの夏衣に帽垂れをつけた戦闘帽を冠《かむ》り、地下足袋をはいていた。

「おい、ナベ。頭冷やしてくれ」

ナベと呼ばれるからには、例に洩れず「渡辺《わたなべ》」であろう。相変わらずぼうっとつっ立っていた上等兵は、おろおろとあたりを見渡したあとで、思いついたように片足の脚絆《きゃはん》をほどいた。佐々木伍長の言っていた「頭は足らんが体の足りてる兵隊」は、この渡辺上等兵にちがいない。粗い巻脚絆はぼろ雑巾のように薄くくたびれ果てていて、水筒の水をよく吸った。

「段列さんよ。こいつ、これでも現役のバリバリなんだぜ。だのに召集兵の俺や大村さんのほうが、よっぽど使い途《みち》があるんだ」

「口きいたらいかんですよ、兵長殿」

渡辺は涎《よだれ》を垂らしそうな物言いで兵長を宥めた。

「ナベ。おめえがどうして第二分隊で生き残ったか、あててやろうか。砲でも観測でも使いものにならねえから、戦闘中ははなっから弾薬壕《ソデ》に退避してやがったんだろう。砲兵ってのはよ、余分なやつがいたらかえって危ねえんだ。まったくよォ、なんでおめえみてえな出来そこないが、砲兵になぞなれたんだ」

渡辺は大きいばかりで芯のないような体を、たしかにもて余しているように見えた。

「きんのう――」

と、どこの国の訛《なま》りかわからぬ悠長な口ぶりで渡辺は言い訳をした。

「きんのうの爆撃のときは、自分もせっせと弾薬を運んだァですよ。爆撃のあとで戦闘機がワァッときて、信管射撃するからおまはどいてろて、分隊長殿に言われたです。二分隊の砲は、信管を一秒で切ったです。目の前まできたやつとの相撃ちですわ。そんで、ソデに入ってじいっとしてたです。わし、ちゃんと見てました」

渡辺は全滅した第二分隊のただひとりの生き残りだと、佐々木伍長は言っていた。重い口ぶりで語られる一部始終に、清田は耳をそばだてた。

「一発目は、一番機の鼻っ面にうまくかぶったですよ。そいつったら、風防をふっとばされて、そのまんまジャングルに飛びこんだです。そしたら、戦闘機のあとから軽爆がきよったです。あれは艦載機じゃろうって、みんなナメてました。B24の編隊ならおっかないけど、七ミリの機銃を撃ちながらちっぽけな爆弾を抱えてくる軽爆など、やられる気がせんものね。こっちはその前の命中で、バンザイバンザイって浮かれてたし。パイロットの顔まではっきり見える距離まで引きつけたですよ。まだかっ、まだかっ、って九番砲手が言うのに、一番砲手はまだまだっ、って叫んでました。高度も航速もない狙い撃ちですわ」

兵長の唸《うな》り声が止まった。実戦経験のない清田にも、緊迫した戦闘の状況はありありと想像できた。

高射砲は通常、目標の高度や角度や速度といった諸元を計算して射撃される。しかし乱戦になれば装薬の炸裂《さくれつ》秒数だけを切った信管射撃となる。いわば空と地の白兵戦であった。

「一番砲手の小杉上等兵は、中隊一の腕前でやんしたから、まちがいは何もなかったです。のう、志茂《しも》兵長殿もそれは知っとるでしょ」

名を呼ばれた病兵はうつろな瞳で夜空を見上げたまま、顎の先で肯《うなず》いた。

「そんとき、砲が信管を何秒で切っていたかは知りません。いっぱいに引きつけたところで、小杉上等兵が撃てっ、と叫んで。陣地のみんなはわからなかったろうけど、わしははっきりと見たです。その一発の弾が、不発弾《まるだま》やった」

「それで、どうした」

と、志茂兵長は吐き棄《す》てるように訊ねた。

「自分、しっかりと見たですよ。急降下してきた軽爆が、爆弾を糞みたいにひって、ジャングルすれすれに反転したです。爆弾はそのまんま、掩体の円い輪の中に、すうっと吸いこまれて――」

「直撃か」

「あんなことって、あるんだかなあ。わし、ずっと考えてるですよ。でかい地球の、でかい太平洋の、でかいニューギニアの中の、あんなちっぽけな陣地に、あんなちっぽけな爆弾が命中するなんてこと、あるんだろうかて」

「もう、やめれ」

志茂兵長は仰向いたまままきつく目を閉じた。

「観測班はその前の爆撃で潰されてまして、掩体には十名の分隊員が入っとったです。わしと入れ替わりに、ソデから弾薬を運び出した一等兵が、わしの頭の上まではじき飛ばされてきたです。そいつの体のおかげで、わしは破片をかぶらずにすんだのかもしれん」

「いいかげんにせえ。やめれと言っとろうが」

「気がついて、真黄色の砂埃《すなぼこり》の中を這い出したです。異常なしかァって、そんなはずはなかろうがね。いくら叫んでも、異常なあしっていう声が返ってこんのです。粉々になった掩体の中は、誰が誰やらわからなかった。必死で土を掘っても、手や足しか出てこんのですよ。誰だかわからん地下足袋の足だけ曳きずって、ふらふら歩いてしばらく行ってから、わしは何で足など持っとるのかと気が付いたです」

「やめれと言っとるのがわからんのか」

志茂兵長は額に載せた脚絆を、渡辺上等兵の横顔に投げつけた。

「もうよしましょうよ、ナベさん」

そう呼びかけるのが良心のような気がして、清田は渡辺の肩に手を置いた。

ここは戦場にはちがいないのだが、取り残された男たちが兵士だとは、なぜか思えなくなっていた。

「わしは、逃げたわけではないですけ。そんときは耳も聞こえんし、目もよう見えんし、わしを残して砲兵隊は全滅した思うたんです。一日じゅう歩いて、フランシスコ川の河原に出たら、少うし目があいて、耳も聞こえたです。浅瀬を渡って機関銃中隊の陣地に行ったっけがね、頰げたのはずれるほどぶん殴られました」

清田は雑嚢の中から金平糖を取り出して、渡辺に勧めた。何とか話題を変えねばならなかった。

「ナベさんは、地方では何をなさってらしたのですか」

はあ、と気の抜けた声を出して、渡辺は金平糖をしげしげと見つめてから乾いた唇に押しこんだ。

「職工です。旋盤を回しとりましたんで、砲兵てことになったらしいだけどね。そんないいかげんな話、ないわな」

「まったくだ」と、志茂兵長も相槌《あいづち》を打った。どうやらマラリアの熱はいくらか収まったらしい。

「兵長殿は」

「俺か、俺は自転車屋だ。つまりはよ、自転車屋だろうが旋盤工だろうが、職人なら機械に強かろうってことで砲兵に回される。そういや、大村兵長は大工で、太一のやつは左官の見習だ。内地に帰ったら二人して一儲《ひともう》けするべえって、呑気《のんき》なことを言ってやがる」

「ご家族はいらっしゃるのですか」

言ってしまってから、会話が戦場の禁忌に踏みこんだことに気付いて、清田はひやりとした。

入営したとき、里心のつくような話は慎めと教えられた。平時ならばともかく、戦が激しさを増すにつれて、軍隊は齢《とし》の行った召集兵で膨れ上がる。個人的な事情も斟酌《しんしゃく》されなくなり、しかも兵役をおえる目安はたたなくなった。家庭を持つ兵隊が増えれば、この手の話題は士気にかかわるというわけだ。

内地では慎むべきとされていた話題が、パラオでは不道徳とされ、赤道を越えたラバウルでは禁忌としてかたく戒められた。日本から遠ざかるほど、前線に近付くほど、兵たちの口から妻や子の話は消えていった。

正しくは軍隊の禁忌なのではなく、兵たちのひとりひとりが、自然に考えることをやめたようにも思えた。

「かかあはいるがね、子供はおらんのよ。入営前の名残りの一発でできていりゃ話は別だが、ここじゃ手紙も届かんしな」

志茂兵長の口から素直な答えが返ってきて、清田は胸を撫《な》でおろした。

「できておりますかね」

「何だか、こそばゆい話だのう。ガキができていりゃ嬉《うれ》しいけんど、そのぶんかかあは苦労するだろうし。かかあは十九だからな、俺が戦死しても子供がなけりゃ、ぜえんぶなかったことにできよう」

起き上がった志茂兵長の体が震え始めた。熱が急激に下がったらしい。渡辺が天幕から外被を取ってきて、兵長の肩にかけた。

南洋の月はどうしてこんなに白いのだろう。擬装を施した天幕も、土嚢《どのう》を円く積み上げた掩体も高射砲も、機関砲座のまわりで語り合う兵たちの姿も、まるで霜夜を見るように瞭かだった。

「あのな、段列さんよ」

「清田一等兵であります」

「ああそうかね。清田さん、か。あのな、かかあといやァとっておきの話があるんだが」

へえ、と清田より先に渡辺が志茂兵長の顔を覗《のぞ》きこんだ。

「おっかあは具合がええ、ってかい」

「あほ。十九のおなごで具合が悪いはずはなかろう。そうじゃなくって、嫁に貰《もら》うときひどく揉《も》めたのよ。見合いじゃあねえぞ。まるで小説か映画みてえな恋愛結婚なんだがな、あることでひどく揉めた。当ててみろ」

女房が十九だとすると、志茂兵長はいくつなのだろう。やつれ果てた顔は老兵に見えるが、もしかしたら自分より齢下なのかもしれないと清田は思った。月光に洗われた横顔は鼻筋が通って端整だった。

「親が反対したのですか」

ままある差別的な理由に思えて、清田は遠回しに言った。

「いや、籍を入れる段になって、女房がいやだと言った。俺もいやだなと思った」

「何ですかね、それ」

兵長は白い歯を見せて笑い、乾いた土の上に人差指で字を書いた。

「志、茂。俺の苗字《みょうじ》だ。昔はたいした侍だったらしい。で、女房の名前が――」

しも、と平仮名で書き添えてから、志茂兵長は力のない声を上げて笑った。

「まあったくよォ、末ッ子だからしもなんだがね。結婚すりゃそうなるってのは、俺もかかあもむろん承知してたんだが、おたがい相手が嫌がったら困るから言い出せんでよ。そんで、いざ役場に婚姻届を出す段になって、言い争いになったんだわ。それも、村役場の玄関の前でだぜ。あたし、やっぱりいや。しもしもなんていや。俺もいやだ、もしもしなんて一生の物笑いだってよ。あれからずいぶん他人に笑われたけど、最初に腹を抱えて笑ったやつは、役場の戸籍係だった」

あれから、と志茂兵長は遠い昔話のような言い方をしたが、子供のないことや妻の年齢を考えれば、それほどの歳月は経《た》っていないのだろう。新婚間もない村の自転車屋に、ある日赤紙がきた。

おのれを苛《いじ》めるような笑い方をやめて、志茂兵長は痩せこけた半袴の膝に顔を埋《うず》めてしまった。

「ガキは、できていねえほうがいいや。一発必中の信管射撃のつもりでぶちこんだがよ、不発弾だったらいいな。それで、何もなかったことになる。しもしもは、やっぱ良くねえや」

渡辺は相変わらずうすぼんやりと、志茂兵長のかたわらに佇《たたず》んでいた。分隊がちがうのだからさほど仲の良いはずはないが、咽仏をしきりに蠢《うごめ》かせて、涙をこらえているのがわかった。

戦死した第二分隊長が、危ないからおまえはどいていろ、と言って渡辺を遠ざけたのは、ただ邪魔者あつかいしたのではないような気がした。そして渡辺が掩体から掘り起こし、ジャングルの中を曳きずって歩いた足は、そんな上官の片身だったのではなかろうか。

「清田さん、あんたの身内は」

と、志茂兵長はすっかり発作の収まった顔をもたげた。

「幸い独り者です。おふくろは死んで、おやじは自分と同じ造兵廠に出てます」

なるべく考えぬようにしていた父の顔を、目の前にあるもののように思い出してしまった。

「消灯、消灯。明日は戦だぞ。寝れ、寝れ」

天幕から顔だけつき出して、青木軍曹が灯《あか》りなどひとつもない月夜に向かって怒鳴った。

機関砲座の酒盛りから引き揚げてきた大村兵長が、捨て鉢に言った。

「灯りもないのに消灯やて。明日は戦やのうて、明日も戦やろ。その明日から先は、ずうっと寝たるわい」

前戦に取り残された瓢簞岬の夜が、永遠に明けなければいいと清田は思った。


南洋の鳥の獰猛《どうもう》な鳴き声に叩《たた》き起こされて、清田一等兵が砲の修理に向かったのは、ほのかに夜の明けそめる時刻であった。

月夜では広く感じられた陣地は、思いがけぬほどの狭さだった。密林を背にして、南向きの椰子林が円く伐《き》り倒された空地である。朝靄《あさもや》の湧き上がる海を、二十ミリの機関砲が睨んでおり、その砲座から右手に離れて、八八式の七センチ野戦高射砲が力なく砲身を垂れている。

青木軍曹がいうには、機関砲はラエに後退した部隊の残置物だそうだ。

高射砲の掩体に向かって歩きながら、清田は指を折って分隊員の数を算《かぞ》えた。

分隊長の青木軍曹。酔っ払いの佐々木伍長。関西弁の大村兵長。志茂兵長は一晩じゅう熱にうなされていた。それに、若い志願兵の鈴木一等兵。第二分隊で生き残った渡辺上等兵を加えても、わずか六人の兵員である。いや、この際は自分も員数《いんずう》に入れるべきであろう。

二十ミリ機関砲だけでも、本来は分隊長以下九名が定員である。もはや陣地変換はないから砲の搬送要員は省いたとしても、一番砲手の照準手と二番の測角手、三番の測距手、四番の爆薬手がいなければ、正確な対空射撃はできまい。ましてや分隊の主兵器は、さらに兵員の必要な七センチ高射砲である。

たった七人の兵で、いったいどのように戦をするのだろう。むろん、この分隊が前線に張りつけられたわけではあるまい。当初は定員を擁した高射砲中隊がおり、連日の砲爆撃で陣地がひとつずつ潰されて、とうとう最左翼に布陣したこの瓢簞岬の分隊だけが残ったのにちがいなかった。

戦闘の経緯を聞いたわけではない。兵たちは過ぎた出来事は何も語らず、この陣地に斃《たお》れてジャングルに葬られた戦友たちのことも、けっして口にしなかった。

あえて顧みぬのではなく、語ることが禁忌であるわけでもなく、ただこの戦場で死んだ兵と、ここに生きている兵の間には、べつだん何のちがいもないというふうであった。まるで戦死した者は、どこか遠い場所に陣地変換をして今も戦い続けているのだと、みなが信じてでもいるようだった。

それくらい彼らは、恬淡《てんたん》と死に向き合っていた。

積み上げられた土嚢を乗り越えて、清田は高射砲の掩体に入った。

砲の状態はひとめ見て明らかだった。活塞開雌螺《かっそくかいひんら》がはずれて駐退液が洩れ、復座器が動かなくなっている。射撃と同時に後退した砲身を、油圧で押し戻す駐退復座器が機能しなければ、砲は使いものにならない。

湿気のこもる掩体の底に座りこんで、清田は工具箱を開いた。

最前線の孤塁で、この砲は鋼鉄の螺子《ねじ》がはじけ飛ぶほど戦ったのだと思った。夢に見た父のおもかげが、頭から離れなかった。

「どうだ、直るか」

青木軍曹の濁声が降り落ちてきて、清田は螺子を磨く手を止めた。

「お任せ下さい。工場では親子二代で、この八八式にかかりきりでした」

「たいした自信だな。直せんものはない、か。九時には爆撃がくるぞ」

「大丈夫です。間に合わせます」

土嚢の上に屈《かが》みこんで、軍曹は清田の作業を見おろしていた。ひんやりとした海風が、つわものの汗の匂いを運んできた。

「修理をおえたら、おまえは川の向こうまでさがれ。ありのままを申告すれば、どこの陣地でもまさか追い返しはすまい」

軍曹の情に気付くより先に、清田は怒りを感じた。肚《はら》の中を探るように、軍曹はしばらく清田を睨みつけていた。

「おまえのことは何も知らんが、技術者は必要だ。後方にさがって、師団の砲兵段列を追及せい。サラワケットを越えるのだから、食料は好きなだけ持っていけ。毛布も忘れるな」

なぜ腹が立つのだろう。気持ちを鎮めながら、清田は黙々と作業を続けた。

故障した砲は、それでも埃を拭われ、磨き上げられていた。砲口にも丁寧に布が被《かぶ》せられていた。父と自分と工場の仲間たちと、勤労動員の中学生が丹精こめて組み立てた八八式を、砲兵たちはこんな戦場でも大切にしていてくれた。

「自分は、スゴロクのようにここまできたのではありません。この砲を見て、よくわかりました」

「理屈を言うな」

「この砲が、自分を内地から呼んだのであります。直してくれと、今も言っております」

清田の背に負った鉄帽めがけて、軍曹は礫《つぶて》を投げた。

「おまえ、死ぬぞ」

清田は答えなかった。大工や左官や、旋盤工や自転車屋が、工場で造った砲をこんなに大切にしてくれているのに、工場からの給金で養われ、大学の工学部まで進ませてもらった専門技術者が、砲に背を向けて立ち去ることなどできるはずはなかった。

「自分は、砲兵であります」

「ふん。使いものになるか。おまえの任務は軍司令部や師団の段列に戻って、砲の整備をすることだ。ちがうか」

「一万三千八百の射程と、九千百の射高の威力を、この目で見たくあります。命中精度はアメリカの砲にはけっして負けぬと、父も言っておりました」

「そのアメリカのポンコツでも、こっちが一発撃てば百発撃ち返してくる。九千の高度を、B24は百機も飛んでくる。それでも見たいか」

「見たくあります」

「親は泣くぞ」

「万が一生きて帰って、八八式の戦果を伝えれば、父は泣いて喜びます」

「口のへらん男だ。これだから学問のあるやつは困る。いいか清田、俺の言いたいことはだな、こういう優秀な砲を造るおまえなら、もっといいものをたくさん造れるだろうということだ。そういう人間は、国家の財産じゃないのか。そうだろ」

出征のとき、同じようなことを父に言われた。壮行の祝宴をおえたあとの社宅で、さし向かいに酒を酌みながら、無口な父がぽつりと呟《つぶや》いたのだった。

おまえも科学者のはしくれなら、人殺しの機械をこしらえた分、いずれは人助けの機械を造らにゃならんぞ、と。

「なぜ螺子が飛んだんだろうな」

軍曹は清田の手元を覗きこんだ。

「射撃の振動で、螺子山が摩耗するんです。前線部隊は螺子を持ち歩いて、定期交換をしなければいかんですね。駐退液が洩れ出す前に、新品と交換するようにしなくては」

「ほう。それはいい意見だな――命令、清田一等兵は師団段列を追及し、八八式野戦高射砲の活塞開雌螺摩耗の実情を報告すべし。どうだ、それでよかろう」

軍曹はおまえのことなど何も知らないと言ったが、その何も知らぬ人間を生かす理由を、あれこれと考えている。

俺の部下ではないのだから、俺の陣地で死んではならぬと命じているようなものだった。

「自分は段列司令部からきました。青木軍曹殿の指揮下に入れという命令は受けておりません。この砲の整備が任務であります。修理がすんでも、戦闘中にまた故障するかもしれません。任務は遂行します」

駐退液を充塡し、螺子を締める。転把《てんぱ》を回すと八八式の長大な砲身は、南洋の空に向けて高々と首をもたげた。

こいつもきっと大阪の造兵廠から、はるばる赤道を越えてやってきたのだ。ニューギニアの大地をおののかせて、六・五キロの砲弾が一万メートルの高みに撃ち上がるさまを、清田はどうしても見たいと思った。

戦が終わって、自分が兵器ではない何かを造るのなら、大村兵長は家を建て、鈴木一等兵は壁を塗り、志茂兵長は女房と二人して自転車を組み立て、渡辺上等兵は旋盤を回していろいろなものをこしらえるのだろう。

ならば自分だけが、この陣地を出て生きる理由はない。

「敵機はっけえん！　高度、にせえん！　航路角、ゼロ！」

双眼鏡を構えて、鈴木一等兵が叫んだ。

「何機だァ、太一」

弾薬を掩体に運び入れながら、佐々木伍長が訊ねた。

「えー、三十。もとい、三十五」

「航路角ゼロか。はずれてないか」

「ゼロ、ゼロ。まっすぐきます」

大村兵長は土嚢の上に飛び上がって、蠅《はえ》を追うしぐさをする。

「シッ、シッ。ここいらにぎょうさん落としたかて、日本兵は七人しかいてへんのやで。

爆弾の無駄づかいはせんとき。シッ、シッ」

　午前九時。戦闘機に護られた重爆撃機の編隊は、ぴったり定刻に姿を現した。きのうはこの爆撃で、隣りの第二分隊が全滅した。

「アメ公ってのはまじめなんかな。それとも召集された勤め人ばっかりなんか。五分と遅刻したためしがねえや。マラリアの熱発で練兵休《れんぺいきゅう》はいるだろ」

　言いながら志茂兵長は、戦闘帽の上から水筒の水をざぶざぶとかけた。

「キニーネを持っとるんでしょ。ビフテキ食ってキニーネ持ってりゃ、まさか練兵休は許されんですよ」

　ぼんやりとつっ立ったまま、渡辺上等兵は抜けるような青空に手庇《てびさし》をかかげた。

「定位につけ！」

　青木軍曹が命じた。砲兵たちは掩体を躍り越えて砲に群がった。一番砲手の佐々木伍長が砲座に飛び乗り、大村兵長と志茂兵長が左右の定位についた。

「太一、よく見とけ。まだゼロか」

　鈴木一等兵はたったひとりで、観測班を務めるらしい。

　熟練した砲兵たちのうなじに帽垂れが翻る。誰もが昨夜の怠惰など嘘のように敏捷《びんしょう》だった。

　大編隊の爆音が近付いてきた。空を往《ゆ》く雲と見まごう陰影が、ゆっくりと海を舐《な》め、ジャングルを被《おお》ってやってくる。

清田は思わず後ずさって踵をとられ、草の上に尻餅をついた。

「高度、一千九百！」

「航速、八十、八十五、八十、八十五、九十！」

計器を読む兵たちの声に合わせて、砲身が命あるもののように伸びる。航路角はゼロ、すなわちこの陣地にまっすぐ向かってくる。

二千メートルの高みを秒速百メートルの速さで飛ぶ標的に、正確な照準を据えることなどはたしてできるのだろうか。初めて目のあたりにする八八式高射砲の戦闘に、清田は息をつめた。

航路角ゼロの垂直線上を、砲身は滑らかに追跡する。八八式は砲兵たちが観測し設定したすべての射撃諸元を呑《の》みこんだのだった。

「まだまだっ。一番機の頭にかぶせろ。遅れるな」

迫りくる轟音《ごうおん》の中でも、青木軍曹の濁声はふしぎなほどよく通った。

いつの間にか鈴木一等兵が砲の後ろに回りこんで、長さ七十センチの砲弾を装填した。

「よし」と叫ぶのと同時に、青木軍曹が「撃《て》えっ」と号令した。拉縄《りゅうじょう》が引かれ、初弾が発射された。大地が揺らいだ。

清田の体は跳ねた。真黒な硝煙に包まれたまま、砲は次々と弾を撃ち上げた。火炎が瞳を灼き、砲座の周囲は朱色の闇になった。

「かぶったァ！」

まるで花火でも見上げるように、つっ立ったまま渡辺上等兵が叫んだ。硝煙をくぐり抜けて空を仰ぐと、たしかに目標のただなかで綿の実のような煙が開いていた。

「遅れるなっ、続いて五発」

高射砲の機敏な動きに清田は愕《おどろ》いた。兵たちの操作に少しもとまどうことなく、砲は次々と弾を撃ち上げた。その猛々《たけだけ》しさは、けっして人間の力に従っているのではなく、むしろ人間が彼の周囲に傅《かしず》いて、その力を讃《たた》え、祈りを捧《ささ》げているように見えた。

清田は犬のように膝をついて鋼鉄の神を見つめた。耳栓の飛んでしまった耳からは、音という音がかき消えてしまった。硝煙を洗う涙の底から、涙が溢《あふ》れた。

少しずつ、砲座に向かって膝でにじり寄りながら清田は考えた。

この戦が聖戦であるかどうか、そんなことはどうでもいい。人が人を殺すことの罪など知らぬ。俺とおやじは、目に見える神を造った。

「遅れるなっ、逃がすなっ、かぶせろ、かぶせろ」

明らかに破片をかぶった一機が、翼から白煙を吐いて機首をがくりと落とした。

「命中、命中、落ちます！」

拉縄を握ったまま、鈴木一等兵が左手を振り上げた。編隊から離脱し、高度をみるみる下げたＢ24は、落下傘の花をいくつも開きながら密林に消えた。航路角ゼロのまま、編隊は陣地の真上にやってきた。八八式は最大仰角に立って、滑らかな動きをようやく止めた。

Ｂ24の腹が一斉に開き、爆弾が撒《ま》き散らされた。夥《おびただ》しい黒点が地上にたどり着くまでの十数秒が、兵たちに残された時間だった。

清田はとっさに、砲座の掩体と弾薬壕《だんやくごう》に目を向けた。しかし硬直した体は、悪い夢でも見ているように動かなかった。

兵たちはみな、退避するでもなく伏せるでもなく、頭上に迫る死を見上げていた。

渡辺上等兵が清田の足首を摑《つか》んで這い寄ってきた。

「ここには落ちんですよ。ほれ、どの爆弾も細長いまんまでしょうが」

硝煙で黒ずんだ顔から黄色い歯をこぼして、渡辺上等兵は笑った。

「やられるときは、まんまるになるですよ。まあるい点のままグウッと膨らんだらお陀《だ》仏《ぶつ》です」

なるほど爆弾の群は一発のそれぞれが細長い形のまま、北に流れて行く。じきに地面が揺れ始めた。

「川向こうの機関銃中隊じゃろ」

一番砲手の佐々木伍長が、鋼鉄の砲座から降りもせずに言った。

「聞こえるか」

「ああ、やられてもうた。沈黙してもうた。何も聞こえん」

真黒な顔を空に向けて、大村兵長が答えた。川向こうの機関銃中隊の上に、爆弾の雨が降った。清田の耳には聞こえなかったが、機関銃中隊はずっと対空射撃をしていたのだろう。

「追い返されてよかったなあ、ナベ」

志茂兵長が大きな薬莢《やっきょう》を片布《へんぷ》ごと抱え上げて、掩体から投げ出した。清田の足元まで転がってきた薬莢は、まだ赤紫色に焼け、うっすらと煙を立ち昇らせていた。

砲身が冷えるまで、瓢箪岬の兵たちは魂の飛んでしまったように呆《ほう》けていた。それから誰が命ずるでもなく、両手に片布を握って砲の手入れを始めた。

修理した箇所の点検をしてから、清田一等兵は弾薬壕の擬装の日蔭《ひかげ》に入り、軍隊手帳の余白に、細かな字を書きつづった。

八八式七糎《センチ》高射砲ハ、敵爆撃機ニ対シ充分ナル性能ヲ有シ得ルモ、毎分十五発ノ発射速度ヲ当分維持セバ、各所ノ螺子ニ多少ノ緩ミヲ生ジ、殊ニ活塞開雌螺ノ摩耗ニ依《ヨ》リ駐退液ノ洩レヲ認ム。戦闘中ハ必ズシモ段列トノ連繋《レンケイ》密ニ非《アラ》ズ、砲兵陣地ハ各個ニ螺子部品等ヲ携行シ、少クモ三百発ニ一度ハ宜《ヨロシ》ク点検ヲシ、要スレバ螺子交換スベシ。尚《ナオ》、我砲兵ハ熟練ノ職人ノ如《ゴト》ク、火砲諸元ヲ正確ニ目測シ、的確ナル操作ヲ行フ。然《シカ》シ米国ノ新式砲ハ計算機ニテ諸元ヲ算出シ、電気的ニ照準スト言フ。物量ノ差ハ国力ノ差ト雖《イエド》モ、技術ノ及バザルハ虚《ムナ》シ。技術者ノ力及バザルカ。砲兵ノ敢闘ニ、唯々《タダタダ》申訳ナク思フ。勉強勉強、努力努力、其《ソノ》他ニ思ヒ付クモノナシ。国貧シキハ宿命、然シ科学技術ノ及バザルハ怠慢。米軍ノ爆撃ニ続ク濠州軍ノ砲撃ハ正確無比、山越シノ迫撃砲ト、十五糎加農砲ト覚シキ着弾我陣ヲ狙ヒ撃ツ。国力物量ニ非ズ、科学技術ノ敗北。技術者ノハシクレトシテ、以上ノ如ク認ムル他ナシ。

オトウサン、吾市ハ不勉強デアリマシタ。八八式ハ昭和三年ノ砲デ、トテモ頑張ツタケド敵《カナ》ヒマセン。後継ノ新式砲ヲ造ルコトノデキナカツタ吾市ハ不勉強デアリマシタ。八八式サンゴメンナサイ。砲兵サン、ゴメンナサイ。オトウサンゴメンナサイ。

砲撃が終わった。

清田吾市は手帳を雑嚢に収《しま》うと、弾薬壕から出た。

あとかたもなく砕け散った掩体からは、ささらのように割れた八八式の砲身が、四十度の仰角を空に向けていた。

清田は音のない砂煙の中を這い回った。陣地に人影はなかった。耳に聞こえぬ声をふりしぼって、「おおい、おおい」と清田は呼んだ。

兵たちの体は粉々に引き裂かれて、その体さえも土の底に沈んでしまった。

顔だけを地面から出した大村兵長に、清田はにじり寄った。

「もう勘弁しいや」

口元に寄せた清田の耳にそれだけを呟いて、大村兵長は死んでしまった。振り返ると、パイロットの顔がはっきりと視認できるほどの距離に、戦闘機が迫っていた。機銃掃射の射線から身を躱《かわ》して、清田は走った。

対空砲火が戦闘機を追っている。二十ミリの曳光弾《えいこうだん》が機体を貫き、風防を吹き飛ばすさまを清田ははっきりと見た。戦闘機はひとたまりもなくジャングルに消えた。

まだ敗《ま》けてはいない。機関砲が応戦している。

微《かす》かに怒鳴り声が聞こえた。

「太一、弾こめェ、しっかりせえ！」

硝煙と土埃の中で、二十ミリの砲座にかじりつく佐々木伍長の裸が見えた。

「はいいっ！」

鈴木一等兵が砲にのしかかるようにして箱型弾倉を押しこんだ。清田の胸を揺るがせて、二十ミリの曳光弾が撃ち上がった。

「しっかりせんかっ」

弾薬箱から弾倉を抱え上げたまま、鈴木一等兵は前のめりに倒れてしまった。清田は駆け寄って弾倉を抱えた。

「おお、早くせえ。弾こめ」

佐々木伍長は跳ね上がるようにして射角を変え、頭上に飛び交う敵機に向けて機関砲を撃ち続けた。

「野郎、なめるなよ。アメ公なんぞに敗けやしねえぞ。かかってこい！」

瓢箪岬の陣地は、たった二人の砲兵で世界を敵に回していた。

砂塵《さじん》と硝煙があたりを被い、光も音もない空のきわみから、胴体のころりと太い艦爆が急降下してきた。八十五度の最大仰角で砲を回し、佐々木伍長は爆撃機を狙い撃った。

二十発の弾倉が切れて、二人は空を見上げた。艦爆は両翼に抱えた爆弾を糞《ふん》のようにひり落とすと、機首を上げて煙の中に消えた。

「来るか」

佐々木伍長は砲座から降りようともせず、白目の勝った目を瞠《みひら》いていた。

「きょうは何日だ」

「九月十七日であります」

「悪かねえな」

何が悪くはないのだろうと清田は思った。悪くはない人生だったのか、悪くはない戦をしたのか、まさか命日に日和のよしあしはあるまい。

それはともかく、昭和十八年九月十七日という正確な命日が、内地の父親に伝えられるだろうか。

ニューギニアの青空に置かれた二つの黒い点は、硬貨のようにまんまるのまま、ほんの少しずつ膨れてきた。

夜の遊園地

「ナイター観戦お疲れ様でした。時刻はまだまだ宵の口、遊園地は午後十時まで営業しております。東洋一のジェットコースターをはじめ、大東京の夜景を一望にする観覧車、鏡の迷宮ミラーハウス、背筋も凍るお化け屋敷などなど、どれも夜間割引料金にてご利用いただけます。きょうは半ドン、あしたは日曜、お子様へのサービスに、ロマンチックなランデブーに、遊園地は午後十時まで営業しております」

武内勝男《たけうちかつお》は厚紙のメガホンを口に当てて客を呼んだ。

大差のついた試合なら客は早目に帰り始めるのだが、一対〇の投手戦の末のゲームセットだから、勝男の声にも気合がこもっていた。四万の大観衆が捌《は》けるまで、二十分とはかからない。

「遊園地は午後十時まで営業しております。スワローズ・ファンのみなさまは祝勝会に、ジャイアンツ・ファンのみなさまは憂さ晴らしに、どうぞ園内ビアガーデンにお立ち寄り下さい。さあ、いらっしゃい、いらっしゃい」

体が大きいのだから声もさぞかしデカかろう、という理由で、今季のナイター戦開幕と同時に客の呼びこみを仰せつかった。給料に上乗せがあるわけではないが、七回裏まで は事務室でテレビを見ていていい、という条件は嬉《うれ》しかった。

きょうの試合は巨人が別所《べっしょ》、国鉄スワローズが金田《かねだ》という、両エースの先発だから満員御礼まちがいなしで、むろんふだんよりも短時間の投手戦で終わるであろうという予測はついた。決着が早ければ、そのぶん遊園地に流れる客も多くなる。

「ただいまからしばらくの間、駅の改札は入場制限、待つにも歩くにも一苦労でございます。遊園地は午後十時まで営業しております」

図体《ずうたい》のわりに甲高い声は、べつだん大きいわけではないがよく通るらしく、的屋《てきや》のあんちゃんからもほめられた。その声を聞いて、サーチライトの中を遊園地に向かう親子連れを見ると胸が弾む。

園内の清掃係から始まって、二年あまりの間にさまざまな仕事をしてきたが、もしやこれが最も自分に向いているのではないかと、勝男はこのごろ思うようになった。

大学に入ってすぐに、学生課が斡旋《あっせん》してくれたアルバイトである。家庭教師などよりはずっと実入りがよく、奨学金を受けている者が優先というのは幸運だった。しかも、神田《かんだ》の大学から歩いて出勤し、都電の最終がなくなっても、牛込《うしごめ》の下宿まではまた歩いて帰ることができた。

そんなわけだから、取り立てて不満があるわけではない。ただ、勤め始めてからいくらもたたぬうちに、奇妙な背徳感を抱くようになった。遊園地という嘘《うそ》の世界が、けっして客を楽しませているのではなくて、大衆を欺瞞《ぎまん》しているような気がしてならなくなったのだった。

しょせん子供欺《だま》しだということぐらいはわかっている。だにしても、入場料を取ったうえに一回三十円だの五十円だのという遊戯料は高すぎる。せいぜい数分間で終わる嘘の世界が、食えば腹の足しになるラーメンやかけソバと同じ値打ちがあるとは、どうしても思えなかった。

「キミ、キミ、ちょっとよろしいかね」

背中越しに声をかけられて振り向くと、パナマ帽に麻背広を着た紳士が立っていた。手をつないだ男の子も身なりがよく、いかにも内野の指定席で野球を観戦してきた金持ちの親子というふうだった。

ナイターの客はあらまし男である。平日は会社帰りの職場仲間がほとんどだが、土曜と日曜は親子連れが目立った。むろん勝男も、そうした父と子に目星をつけて声を上げている。

「はい、いらっしゃいませ。すぐそこを右に百メートルほど行けば、遊園地の入口です」

サーチライトの日裏になって表情は見えないが、父親の声には刺《とげ》があった。

「それはわかっている。子供にせがまれれば嫌とは言えまい。しかし何だね、午後十時までの営業というのは。いかに土曜の晩であれ、子供にとっての十時は非常の時間だ。わが家は郊外だから、十時まで遊ばせて帰れば床に就くのは真夜中になってしまうじゃないか。いや、そうした個人的事情はさておくとしても、子供を十時まで戸外で遊ばせるというのは、いささか不見識ではないかね」

だったらやめておけばいいでしょう、と言い返したいが、言えるわけはない。お客とのごたごたはたとえどのような事情であれ、上司から叱責される。ましてや事務室に貼られている「今月の指標」は、「NOと言わないサーヴィスの徹底」である。

勝男はとりあえず頭を下げた。

「申しわけありません。アルバイトの分際では、何ともおわびのしようがないのですが」

「アルバイトだろうが何だろうが——」

と言いかけて、紳士はしげしげと勝男の風体を観察した。

ジーパンに半袖シャツ、蜜柑色《みかんいろ》の野球帽というのが従業員の制服で、涼しくなれば紺色のジャンパーを着る。学生アルバイトといえば、満員電車の押し屋だって学生服なのだから、「制服貸与」というのはそれだけでも魅力的な雇用条件だった。もっとも、遊園地という嘘の世界の従業員に、学生服はふさわしくないだけなのだろうが。

「ああ、そう。アルバイトかね。ならばキミに四の五の言っても始まらんなあ。ま、がんばりたまえ」

紳士はほほえんで勝男の肩を叩《たた》き、踵《きびす》を返して立ち去った。白いパナマ帽が、客の流れに逆らって遊園地の入口に向かうさまを勝男は見届けた。ともかく一丁上がりだ。きっとあの紳士は熱心なジャイアンツ・ファンで、投手戦の末の完封負けに気分が腐っていただけなのだろう。

「遊園地は午後十時までの営業です。ただいまのお時間は、通常三百円の乗物回数券を、二百五十円の特別価格にて販売しております。いらっしゃい、いらっしゃい」

紳士に手を引かれた少年の姿が瞼《まぶた》に灼《や》きついていた。糊《のり》の利いた開襟シャツは眩《まばゆ》いくらい真白で、半ズボンに革の短靴をはいていた。父親はたぶん銀行員か一流会社の高給取り。荻窪《おぎくぼ》か武蔵野《むさしの》あたりの家には、広い芝生の庭があるのだろう。

まさかそうした境遇を羨みはしないが、せがめば夢を叶《かな》えてくれる父の存在が妬ましかった。奨学金やアルバイトと無縁などころか、遊園地という嘘の世界にまで、父の手が導いてくれるのである。欺瞞に満ちた、何ひとつ生産性のない、むろん言われるまでもなく不見識にちがいない夜の遊園地へと。

勝男は父という人を知らなかった。俤《おもかげ》をいくらか記憶しているような気もするのだが、出征した年にはまだ三歳だったのだから、おそらくは聞いた話を見たものと取りちがえているのだろう。

魚河岸《うおがし》の仲買人であった父は、召集令状を受け取ったとき、「頭を刈る手間がねえや」と強がりを言ったらしい。そして入営日には、河岸に出かけるのと同じ夜明け前に、ひとりでさっさと家を出てしまった。

せめて麻布聯隊《あざぶれんたい》の営門まで送るつもりだった母が、勝男を背負って電車通りに駆け出たとき、目の前に光の帯を曳《ひ》いて都電が走り抜けた。父らしい人影は手を振るでもなく、吊革《つりかわ》に摑《つか》まって背を向けたままだったという。

その一瞬の光景は母から聞いたものにちがいないのだが、ねんねこにくるまってこの目が見届けたように生々しく、いくらか成長してからは路上に立ちすくむ母の視線になり、このごろでは背を向ける父の悲しみも想像するようになった。勝男のうちにある父の記憶とは、あらましそうしたものだった。

心が濾過《ろか》してしまった記憶は甚だロマンチックで、事実であっても現実味を欠いていた。

「のう、にいさん。余計なことは言わねえでくれよ。ガキにぐずられたんじゃ、親の立つ瀬がねえんだ」

また面と向かって文句をつけられた。さきほどの親子連れが三百五十円の内野指定席ならば、こちらは百三十円の外野席だろう。父親は泥にまみれたニッカー・ズボンに地下足袋をはいており、坊主刈りの息子は汚れたランニング・シャツを着ている。

「割引だの何だのと簡単に言うがな、そういう余分なお足があれァ、はなっから内野で金田を拝んでいらあ。ほれほれ、とうちゃんが叱ってやったんだから、おめえも聞き分けろ」

子供は父親の腕にすがりついてせがみ続けている。年齢はさきほどの親子と同じくらいなのだろうが、苦労の分だけ父親は老けており、行儀を弁《わきま》えぬ分だけ子供も幼く見えた。

「あいすみません、アルバイトだもんで」

正当な理由とは思えないが、またしても免罪符をひけらかすように勝男は頭を下げた。アルバイトすなわち苦学生に対して、世間が寛容であることは知っている。

すると父親は、チェッと舌打ちをして勝男の肩を引き寄せ、酒臭い息を吐きかけながら囁《ささや》いた。

「わかってるって。おめえを叱ったふりしてガキに了簡《りようけん》させるんだ」

「了簡しますかね」

「しねえな。けど、わがままをすんなり通しちゃなるめえ。大の男に頭なんぞ下げさせて悪かった」

「ああ、そういうことですか。勉強になります」

「学校の勉強もしっかりやれよ」

父親は勝男の肩を励ますように摑んでくれた。それから親子は人ごみの中でさんざすったもんだしたあげく、遊園地の入口に向かった。

どうやら父親には、口で言うほど懐の余裕がないわけではないらしい。身なりは悪いが大したものだと、勝男は感心した。ともかくこれでもう一組、ご案内だ。

内野席の客はあらまし出払って、野球を観《み》にきたのかビールを飲みにきたのかわからぬ顔ぶれに変わった。

「続きは遊園地内のビアガーデンでいかがでしょうか。ただいまのお時間、駅の改札は入場制限、ビアガーデンは午後十時まで営業しております。いらっしゃい、いらっしゃい」

せっかちで短気で、あまり物を考えない人だった、と母は言った。だから戦地でも、きっとまっさき駆けて、脇目もふらずに死んでしまったのだろう、と。

ひとり息子の名前も、初鰹《はつがつお》に祝儀の高値が付いた日に生まれたからだそうだ。「勝男」の字をあてたのはご時勢というものだろう。だが、日本がこてんぱんに負けたうえ、思いつきの名前を付けた父親までが戦死してしまったのでは、洒落《しやれ》にもならない。

三月十日の大空襲で焼け出されたあと、母は幼い勝男を連れて秩父《ちちぶ》の実家に戻った。

命からがらであったから、父の思い出はみな灰になってしまった。

終戦から一ヵ月も経《た》ったころ、めぐりめぐった戦死公報が届いた。父はその年の一月に、「比島方面レイテ島」というところで戦死していた。日時も場所もまったく思いがけなかった。

勝男が小学校二年のとき、母は遠縁の資産家に望まれて再婚した。武内の姓が絶えてしまうこと、今さら姓を変えるのは不憫《ふびん》であること、というような理由で勝男は母の実家に残されたのだが、たぶんそれが先方の条件だったのだろう。

里を繞《めぐ》る雑木林が錦に彩られるころ、母は年齢に不似合いなほど地味な紬《つむぎ》を着て、泣く泣く嫁に行ってしまった。そうした事情がわかっていたのかいなかったのか、勝男は父の位牌《いはい》を抱いて、村を隔てる橋の袂《たもと》まで母を送った。

たそがれどきであったと思う。停留場に勝男を残してバスに乗った母は、吊革に摑まったまま背を向けてしまった。嫁ぎ先から迎えにきた女中だけが、勝男に手を振ってくれた。薄闇に光の帯を曳いて、バスは行ってしまった。

母は嫁いだのちも盆と正月には実家に帰ってきたが、父の異なる弟と妹を産んでからは次第に足が遠のいた。折ふしの葉書のやりとりと、たまに他聞を憚《はばか》ってかけてくる電話が、母と勝男との細い絆《きずな》になった。

大学の学費は、伯父に工面してもらうのも気が引けたし、ましてや母に頼るのも筋ちがいだと思って奨学金を申しこんだ。昼間部か夜間部かはぎりぎりまで迷ったが、いよいよ苦学が続かなくなれば転部するつもりで、昼間部を受験した。

そんなわけだから、給料が良いうえに「勤務時間応相談」のこの仕事は渡りに舟だった。平日は午後四時から、書入れの日曜祭日は終日勤務、ナイター・シーズンには時給二割増しの残業代がつく。慎ましく生活していくには十分な稼ぎだった。

苦学生という言葉がピンとこないくらい、勝男は満足していた。だが、満足すればするほど、遊園地という嘘の世界で客から金銭を巻き上げているような背徳感が募った。贅沢《ぜいたく》な悩みだと思う。しかも悩みにしては漠然としていて、工事現場や安酒場で働く同じ境遇の友人たちに打ちあけることはできなかった。

外野席の酔漢も捌けたようである。

威勢のいい声をとざしてしまうと、体が石を抱いたように重くなった。

「ごくろうさまでした」

店じまいを始めた的屋のひとりひとりに挨拶をして帰りかけるころ、ナイター照明が半分に落ちて、背は高いが薄っぺらな勝男の影を路上に引き延ばした。

蛍光灯。どうもこいつは厄介だ。

笠《かさ》を被《き》せた白熱電灯やアーク灯よりもずっと明るくて、そのくせ電気は食わないらしいが、寿命がくると不愉快な点滅を始める。潔さがない。

メイン・プロムナードを照らす夥《おびただ》しい数の蛍光灯の中には、必ず毎晩そうしたろくでなしが発見される。閉園後にそれらを交換することが、いつの間にか勝男の仕事になった。

電気係の繁田《しげた》さんが脚立《きやたつ》を倒して大怪我《おおけが》をして以来、やはり年寄りでは危なかろうという話になり、若いアルバイトにお鉢が回ってきたのである。

繁田さんは開園以来の古株だが、年寄りというほどの年齢ではないと思う。作業服のポケットに、いつもウイスキーのスキットルを忍ばせているような人だから、脚立から落ちるのも当たり前だった。

従業員たちの噂話《うわさばなし》によると、海軍出身の繁田さんは電気技師の免許を持っているので、たとえアルコール中毒でも馘《くび》にはできないらしい。仕事はしなくても遊園地には欠くべからざる、「電気工事責任者」だった。

「おおい、カッちゃん。あれはタマじゃなくって接触が悪いんだから、クレーンを出さなきゃならんなあ」

メイン・プロムナードに佇《たたず》んで夜空を指さしながら、繁田さんが言った。見上げれば鈴蘭《すずらん》のように咲いたてっぺんの一枝が、点滅するのではなく沈黙していた。

クレーン係は昼間勤務なので、明日の開園前に修理しなければならない。

「配線の不具合かもしれんから、俺が乗るとしよう」

「あの、下から指示してくれれば僕でも直せると思います」

繁田さんはあたりを気にするでもなく、ポケットから銀色のスキットルを取り出してグビリと飲んだ。

「おまえ、何べん言ったらわかる。その、ボクという言い方はやめろ」

日ごろは閑《のど》かな人物なのだが、繁田さんはときおり癇《かん》に障ったような命令口調になる。下手な戦をして勝手に負けやがったくせに、と腹も立つが、考えてみれば三十代なかばから上の男は、どいつもこいつも兵隊だったのだから今さら詰《なじ》ったところで始まらない。

年齢からすると、繁田さんはたぶん長いこと海軍にいたのだろう。何かの拍子にかつてのならわしが声に出ても、それはそれで仕方のないことだと思う。

員数《いんずう》合わせの飲んだくれにはちがいないが、いざというときの繁田さんの仕事ぶりは、さすがに手早くて正確だった。

ふいに、ジェットコースターの乗り場から言い争う声が聞こえた。

「向こうを何とかせぃ」

ふたたび軍隊口調で命じられるまでもなく、勝男は駆け出した。

ジェットコースターは遊園地の呼び物で、今や東京名物と言ってもいい。夜間営業でも、三両連結十八人乗りの座席はほぼ埋まっている。

「まったく話のわからん人だな、キミは。いいかね、高い入場料を支払ったうえ行列に並ばされて、やれ身長がどうの年齢がどうのと、そんな言いぐさはあるまい。たかが遊び道具ではないかね。バンドでくくりつけて、ふんばり棒にしがみついてもまだ危ないはずはないだろう」

係員に文句をつけているのは、さきほど苦情を言いながら遊園地に向かった紳士である。

「ですから、保護者同伴ならばいいんです。お隣りに乗ってあげて下さい」

駆け寄る勝男に、初子《はつこ》が切なげな目を向けた。この春に集団就職で新潟から出てきた初子は、働きぶりと器量のよさを買われてジェットコースターの案内係に抜擢《ばってき》されていた。お国訛《なま》りはまだ抜けないが、物怖《ものお》じすることがない。

「法律でそうと定《き》まっているわけでもあるまいに、どうして杓子定規《しやくしじようぎ》に物を言うんだね。キミでは話にならん。上司を呼びたまえ」

「だから、おとうさまもご一緒に――」

「たかが子供欺しじゃないか。大の男が喜ぶと思うかね」

そこまで言えば、ジェットコースターに乗ったまま待ちぼうけを食わされている「大の男」たちも黙ってはいない。「いいかげんにしろ」だの「ふざけるな」だのと、怒号も上がったところで勝男は割って入った。

「ああ、さっきのアルバイトだね。私が子供と一緒に乗らんのは、何もたかだかの代金を惜しむからではないよ。乗る気になれんからそう言っているんだ。どうだね、ここはひとつ大目に見てやってはくれんか」

初子がぶるぶるとかぶりを振った。アルバイトの勝男にどうこう言う権限はないし、もし万が一事故でもあれば責任は初子にかかる。

「もういいよ、おとうさん」

父を見上げてべそをかく少年の声が胸に応えた。そもそも世間なみの父と子の関係は知らないから、何と言ったものやらとまどってしまう。

「もういいってば」

少年が手を摑んで引き寄せても、意固地な父は階段を下りようとはしなかった。

乗客たちの憤りが自分のわがままのせいだと知ったのだろう、少年は「ごめんなさい」と言ったなりとうとう泣き出してしまった。

「こら、男がめったに詫《わ》びたりするもんじゃない。しゃんとしろ」

と、父親はあくまで頑固である。

勝男は思いついて言った。

「ボク、それじゃおにいちゃんと一緒に乗ろうか」

少年は父を見上げた。

「ああ、そうしてくれるかね。申しわけない、代金はお支払いします」

表情をふいに和らげて、紳士はパナマ帽の山をつまみ上げた。

「いえ、けっこうです。仕事のうちですから」

悶着《もんちゃく》の解決が仕事のうちではない。夜間営業中は園内を巡回し、要すれば乗り物にも一通り乗って、不具合な照明を見つけることが勝男の仕事なのである。

ただし、正直を言えばジェットコースターは苦手だから、あまり乗ったためしはなかった。

困ったことに、一転して大喜びをする少年が乗りこんだのは、ほかの客が怖気《おじけ》づいたせいで空いていた先頭の座席だった。そこだけは勘弁してくれ、とも言えない。

「すまんね、キミ」

「いえ、大丈夫です」

妙な受け答えの真意を、紳士は知るまい。たとえ自分が料金を払ってでも、先頭の席に乗ることだけはご免こうむりたかった。

初子がプラットホームを往復して、安全を確認した。勝男も少年の腰をバンドで固定してから、ふんばり棒を握りしめた。心臓が轟《とどろ》き始めた。どうしてこんなものが大人気なのか、勝男にはまったくわからない。

喧《けたたま》しく発車のベルが鳴り、ごとりと不穏な音を立ててジェットコースターが動き始めた。この鈍重さがまたたまらない。急勾配を滑り落ちる恐怖よりも、その恐怖に向かって緩慢に上昇していく、いわば「恐怖の予兆」に勝男は鳥肌立った。

少年の体の震えが伝わってきた。

「怖くないか、ボク」

「うん。武者ぶるいだよ。おにいちゃんは?」

「怖くないさ」

「だったら、武者ぶるいだね」

初めて乗ったのは二年前の採用時だった。何はさておき、客の立場で一通りの乗り物や演《だ》し物を体験させられたのである。自分が臆病者だなどと思ったことは一度もなかったのに、そのときジェットコースターのせいで意外な本性を思い知らされたのだった。

カラカラと巻き上がるチェーンの音に合わせて、下界が退いていく。園内の照明に目を凝らすどころではない。

「おにいちゃん、ほんとは怖いんでしょ」

勝男は答えずに、震える膝を少年から遠ざけた。

「ボク、初めてかい」

「ううん、二度目。前はおかあさんと乗ったの」

「おとうさんはきっと怖がりなんだな」

「ちがうよ。僕のおとうさんはゼロ戦のパイロットだったんだ。ジェットコースターなんてへっちゃらさ」

少年はとても重大なことを言ったはずだが、考える間もなく夜空の頂点を極めたジェットコースターは、真逆様《まつさかさま》に急降下した。

目をつむってはならない。瞼を持ち上げて見つめなければならない。何万燭光《しよつこう》もの照明の向こう側に、自分が夢のように忘れ去ってきた出来事を、けっして怖《おそ》れず、瞠目《どうもく》して。

一瞬翻った闇の底には、ペーブメントに据えられたベンチの端と端に腰を下ろす、紳士と繁田さんの姿があった。

ミラーハウスはこの春に新設された。

出資をした大手ガラスメーカーは、「ガラスハウス」という名称を提案したらしいが、どうにも危なっかしい感じがするという意見が通って、「ミラーハウス・鏡とガラスの迷宮」と命名された。

スポンサーの目論見《もくろみ》は強化ガラスの宣伝である。小学校の春休みに合わせたお披露目の当日は、日米の人気プロレスラーを呼んでガラスに体当たりを食わせる、という派手なショーを演じさせた。むろん彼らが手かげんしていることは誰の目にも明らかだったのだが、新聞やテレビニュースで紹介され、翌日からはジェットコースターなみの行列になった。

まことしやかな噂によると、当初は力道山《りきどうざん》に出演を依頼したのだが、「空手チョップで割れないガラス」にはさすがに難色を示したらしい。

「ミラーハウスには安全な強化ガラスを使用しておりますが、わざと叩いたり蹴ったりなさいませんようお願いいたします」

くり返しそう言いながら切符を受け取るだけの係員は、たぶんこの遊園地で最も楽な仕事だと思う。ただし、つまらなさもこの上はないだろう。

「やあ、武内君。ごきげんよう」

小沢《おざわ》の挨拶はいつもこんな調子で、自然にそう言っているのか冗談半分なのかもわからない。見るからにひよわなうえ、気の毒なくらいの厚いメガネをかけている彼が担当しているだけでも、このミラーハウスの安全さは知れようというものだ。

仕事ぶりに情熱は感じられない。そのかわり、叱りつけられてもへこたれることがない。アルバイトの領分を越えずに、淡々と働いている。「東大生を鼻にかけやがって」

というのが先輩たちの見解だが、勝男は内心そうした小沢のしたたかな性格を尊敬していた。

おととしの春に新規採用されたアルバイトの中で、今も続いているのは勝男と小沢の二人きりだった。つまり、仕事に向き合う姿勢が両極端の二人だけが、それぞれの流儀で働き続けた結果、今も生き残っているように思える。

苦学生という似たような境遇にあって、二年あまりも顔をつき合わせているというのに、たがいのことは何も知らなかった。勝男のみならず誰に対しても、小沢はきっぱりと壁を立てていた。

しかし食堂でうどんかけのドンブリを並べるときも、休憩時間にタバコのやりとりをするときも、小沢は人なつこい笑顔を絶やさなかった。

根は偏屈者ではないのだから、きっとこういう男は世間のしがらみをすべて免れて、自分自身の人生に役立つ人間関係を、過不足なく作り上げていくのだろうと思う。

「照明の点検だよ」

「いつもすまんね、武内君」

「ドンマイ、ドンマイ」

小沢は強度の近眼で、メガネをかけていてもミラーハウスの中は危ないらしい。だから勝男はしばしば照明の点検と称して、彼の領分を巡回する。頼み頼まれしたわけではないが、小沢は勝男のそうした思いやりを承知しているから、小さく詫びるのである。「don't mind」は、こんなときもってこいの言葉だった。

ミラーハウスが設営された場所は、かつて射的場や一回十円のコイン・ゲームの犇《ひし》めく半屋内の空間だった。さほど広くはなかったはずなのに、こうして歩き回っていると、とうていその面積と同じだとは思えない。

二階は事務所と社員食堂になっているから、工事の過程も知っていた。壁をぶち抜いた様子もなかったし、せいぜい半月ばかりの間にパタパタと「鏡とガラスの迷宮」が組み上がった。

入場するとしばらくは、ガラスの回廊が続く。天井の蛍光灯には青いパラフィンが巻かれていて、まるで氷の洞窟に迷いこんだように神秘的だった。

蛍光灯が一本でも点滅していたら、客は興を削《そ》がれる。ここはこの世にあらざる、鏡とガラスの迷宮でなければならない。

プロレスラーが跳びはねてもビクともしなかった床だが、やはりガラスは割れるものだという先入観のせいか、知らず知らずに金属製の枠の上を歩いてしまう。その足元から照らし上がるスポットライトも、青や紫の色がついていた。

回廊を折れるといよいよ迷路である。先があると見せかけては、ガラス張りの袋小路につき当たる。引き返そうとすると、青い薄闇の向こうから自分が歩いてくる。

目の前を子供が通り過ぎた。しかしそれはガラス越しの異界で、反対側から後を追う母親らしい人は、子供の名前を呼びながらすれちがってしまった。

勝男は足を止めた。どうやらその親子は、ガラスを隔てて会えないのではなく、鏡に映るたがいの虚像を追い求めているらしい。それぞれがあらぬ方向を見て、笑ったり、名を呼び合ったりしていた。

勝男の耳に、母の声が甦《よみがえ》った。

もしもし、カッちゃん。風邪ひいてないね。おなかこわしてないね。おじさんやおばさんのいうことをよく聞いているね——。

母からの電話はいつも性急だった。言うだけのことを言うと、勝男の答えなどお構いなしに切れてしまった。どうかすると、返事もせぬうちにぷつりと切れた。

事情は幼心にもわかっていた。だから勝男から電話をかけたためしはない。

高校と大学に合格したときの二度だけ、伯父が電話をして母を呼び出してくれた。周囲に人がいたのだろうか、その二度は二度とも、「がんばったね」だか「がんばってね」だかの一言で終わってしまった。いや、勝男の想像する限り、母は電話口でそう呟《つぶや》いたなり、口を被《おお》ってしまったか、受話器を抱きかかえてしまったのだと思う。

勝男はけっして母の愛情を疑ってはいなかった。母は鏡の中の虚像ではなくて、手の届かぬガラスの向こう側に棲《す》んでいるだけだった。

もし母が、そうした厄介な愛情を放棄することで幸せを摑めるのなら、迷わずに忘れてほしいと勝男は希《ねが》った。

むろん、自分は忘れない。血を分かち与えてもらった子供だからではなく、男なのだから母を忘れてはならない。万が一、母が幸せを摑みそこねて寄る辺ない身になっても、無条件に受容できるだけの愛情は、堅固な砦《とりで》のように備えている。

男としての責任を全うできなかった父にかわって、母の拠《よ》るべき砦を心のうちに築いておくのは、男としての責務であると勝男は考えていた。

東京に出てきてからは、折ふしの葉書すら出すことをやめた。真の幸福を模索すべき母に、自分の所在を知らせてはならないと思ったからだった。それが勝男自身の、長い葛藤の決着だった。

迷宮をそろそろと歩みながら、青い光に焙《あぶ》り出された鏡の前で立ち止まった。

勝男が成長するほどに、伯父も伯母も声を揃《そろ》えて言った。

おとうちゃんに瓜《うり》ふたつだ、と。

父の顔は知らない。写真もみな空襲で焼けてしまった。偲《しの》ぶよすがといえば、伯父の家に残されていた幾葉かの写真なのだが、それらはどれも小さいかピンボケかで、唯一まともな祝言の集合写真には、参会者のどの顔にもお節介な修整が施されていた。

せっかちで短気で、あまり物を考えない魚河岸の男。どうにも性格は、自分と正反対であるように思える。

髪を両手で押さえつけて坊主刈りを想像し、なるほどこんな顔だったのかと考えた。一重瞼の細い目や長面《ながおもて》の輪郭は、祝言の写真と似ているような気もした。

父という人に対しては、愛情どころかそれを育むだけの種子すらなかった。そのかわり、心にふつふつと滾《たぎ》ってやまぬのは、女房子供を残して勝手に死んだという、歴然たる事実である。

戦争だから仕方がないと人は言うが、女房子供の知れ切った苦労を考えれば、敵前逃亡だろうが虜囚の辱めを受けようが、生きる方途がなかったはずはない。自分ならばきっとそうすると思うほどに、戦死という事実が父の悪意によるような気がしてくるのだった。

見知らぬ父を慕う気持ちは毛ほどもない。それどころか、無責任で無思慮なひとりの男を、憎悪しているのはたしかだった。

こんな顔だったのだろうか。

せっかちで短気で、あまり物を考えない魚河岸の男を思い描いているうちに、吐き気がこみ上げてきた。

ふと、奇妙な空想が降り落ちてきた。

境遇は似た者でも、性格の異なる自分と小沢が、どうして二年あまりも同じアルバイトを続けているのだろう。

もしや、苦学生というだけではなくて、もっと近しい境遇なのではあるまいか。たとえば、父親が戦死し、母親とも生き別れたか死に別れたかして、この遊園地という嘘の世界で働くことに背徳感を覚えながら、それでも好条件を奇貨として淡々と日々を送っているのではなかろうか。

もしそうであったとしても、ふしぎは何もない。同じ立場の若者は、今の日本にいくらでもいるはずだった。


金田と別所の投げ合いのおかげで、客はいつにも増してよく入っている。昼間の人出には及びもつかないが、客がいなければ止めてしまう観覧車もメリーゴーラウンドも、七色の光を撒《ま》き散らして回り続けていた。

閉園後に清掃をおえて事務所に戻れば、きっと大入袋が待っている。赤い点袋《ぽちぶくろ》には百円銀貨が入っていて、大入りの日には帰りがてら、屋台のラーメン屋に立ち寄ると決めていた。

もっとも、その贅沢を始めたのはこの春からである。中味が板垣退助《いたがきたいすけ》の百円札から百円銀貨に変わったとたん、何だか有難味がなくなって、五十円のラーメンを食うにもためらわなくなった。

紙幣を崩すことには抵抗を感じるが、銀貨がおつりのニッケル貨に変わるだけなら、ラーメンがおまけのように思えてしまうのである。

もしや百円銀貨の鋳造は、そうした消費者心理を狙ったのではあるまいか。

その仮定の是非について、経済学の教授に質問したことがある。よほど突飛な疑問であろうに、教室の学生たちが笑わなかったところからすると、誰もが少なからず身に覚えがあったのだろう。

教授が糞真面目《くそまじめ》に答えて曰《いわ》く、新札新貨の発行は国家経済上の必要に迫られてなされるところであるが、たしかに消費活動を促進する効果は期待できる。しかしながら、一方では新旧ともに退蔵されて消費を停滞させる危険も常に伴うので、初期発行高の算定は難しく、なおかつ新旧の可及的すみやかなる交換は必須事項である。そうした点において、今般の百円紙貨幣の転換政策は、成功しているとは言い難い。昭和三十二年発行の百円銀貨を、品位、量目ともに同じままデザインだけ鳳凰《ほうおう》から稲穂に変更し、わずか二年後に再発行したというのは、当初の計画が失敗に帰したことを意味する。しかし、そうした政府および日本銀行の執着は、同時に日本の経済政策が貯蓄推進から消費向上に転換されたことをも意味するのであるからして、諸君も今後は腹がへったら迷わずラーメンを食いたまえ——。

なるほど、と勝男は得心したものだった。つまり、もはや戦後ではないのだ。日本は復興の過程をおえて、発展していく。

教授の言葉を思い返しながら、勝男は光に押し上げられた夜空を見渡し、スピーカーから溢《あふ》れ出るジャズの調べに耳を傾けた。

だとすると、遊園地は嘘の世界ではないことになる。消費という正当な行為が、最もわかりやすくなされている、現実の日本なのだ。

しかしそう確信はしても、光の涯《は》てによろめき輝く星ぼしを見上げ、華やかな音曲の中に村里の夜の黙《しじま》を思い起こせば、自分がそうした時代の流れについていけるかどうか、自信はなかった。

戦争の経緯を体験した人ならば、「転換」は存外簡単なのかもしれない。だが、その結果のみを強要された勝男には、「退蔵」するほかはないものが多すぎた。

ペーブメントに散らかるゴミを拾いながら歩いた。清掃係が長かったせいで、タバコの吸い殻やチューインガムの包装紙でも、気になってならなかった。

やはり父親に似たのは、顔立ちだけなのだと思った。急ぐこともなく、腹も立てず、いつもくよくよと物を考えている。

きょうは百円銀貨の入った大入袋を貰《もら》い、帰りがけにラーメンを食って、つまらない哲学書を読みながら泥のように眠る。何を考えたところで、それらは揺るぎようのない既定の時間割であるのに、どうしてこうも思い悩んでしまうのだろう。

お化け屋敷は鬱蒼《うっそう》とした竹藪《たけやぶ》の中である。昼間は造り物としか思えないが、ペーブメントの光が届かぬうえ、ここがかつて陸軍の兵器工場だったころからの大欅《おおけやき》が夜空を被っていて、実におどろおどろしい。

藪の小径《こみち》をたどるうちに、ジャズの音色も遠ざかり、お定まりの笛と太鼓の音が迫ってきた。

切符売場も、古い祠《ほこら》を模しているという手の込みようである。

「ちょっと、カッちゃん」

祠の裏扉を開けて、文代《ふみよ》さんが小声で手招きをした。

「出てこないお客さんがいるんだけどね、見てきてくれないかな」

白い着物に紅色の袴《はかま》という出《い》で立《た》ちは文代さん自身の発案で、従業員の間では大受けだった。勝男より二つ齢上《としうえ》だが、巫女《みこ》の装束を着ると可憐《かれん》な少女に見える。いつかデートに誘ってみようと思いはしても、すげなく断わられるか笑い飛ばされそうな気がして、なかなか決心がつかなかった。

メイン・プロムナードのロータリーを彩るみごとな花壇は、すべて文代さんの手作りだった。

「出てこないって、どれくらいですか」

そうねえ、と文代さんは白い衣よりなお白い腕を返して時計を見た。

「十五分くらい、かな」

怯《おび》えながらお化け屋敷を歩む客には時間の感覚がないだろうが、せいぜい五分とはからないはずである。中には悲鳴を上げながら、ほんの何十秒かで駆け抜けてくる人もある。

「十五分……長すぎますね」

「……でしょう。ねえ、見てきてちょうだいよ」

不安と恐怖にじっと耐えていたのだろうか、文代さんは今にも抱きつかんばかりに体を寄せてきた。

ジェットコースターは苦手だが、お化け屋敷はどうとも思わない。胸の轟きは質がちがった。

「ほら、この間のこともあるでしょ」

いったい何を考えたものやら、つい先ごろ郊外の遊園地のお化け屋敷で、首吊り自殺をした人があった。

「おひとり、ですかね」

「いいえ、おとうさんと息子さん」

「だったら、それはないでしょう」

言ってしまってから、それがあったら大変だと思った。

「おとうさんはちょっと酔っ払ってらしてね。お子さんが入ろうっていうのに、いやだいやだって」

「え、逆じゃないですか。おとうさんが入ろうっていうのに、お子さんがいやだいやだでしょう。無理心中なら」

　ああっ、と声を上げて、文代さんが勝男の腕にしがみついた。

「あなた……よくも平気でそんなこと言えるわね」

　息子がせがみ、父親が拒む。もしや、あのジェットコースターの紳士と少年ではなかろうかと思った。

「パナマ・ハットに麻の背広を着ている人ですか」

「ちがうわ。ダボシャツに地下足袋よ」

「あれ。お子さんはお坊っちゃまふうでしょう」

「いえいえ、様子の悪い子よ。ランニング・シャツに坊主頭」

　思い当たるふしがあった。文句を垂れながらも勝男に道理を説いてくれた、あの労務者ふうの父親とその子供にちがいない。

　少なくとも裕福には見えなかった。父親はずいぶん酔ってもいた。まさか酒の勢いで無理心中まではするまいが、何があってもふしぎではないという気がした。

文代の手を振りほどき、荒れ寺の階段を軋《きし》ませてお化け屋敷に入った。生ぬるい風は大型扇風機のしわざで、木魚と読経は録音である。空気をじっとりと湿らすために、客の切れ間を見計らって水を撒いている。

古井戸の中から、血まみれのアルバイトがぬっと立ち上がった。そのとたん、思いがけず近くにあった勝男の顔に出くわして、お化けは何もそこまでというほどおののいた。

「うわっ、何だ、武内さんじゃないか。びっくりさせないで下さいよ」

お化け役はなかなか難しいらしい。このアルバイトは早稲田《わせだ》の演劇科の学生だが、理屈を捏《こ》ねるわりには間が悪い、と文代さんが言っていた。

「親子連れなら、だいぶ前ですねえ――」

お化けが言うには、怖気づく父親の手を子供が引いていたらしい。たまたまタイミングよく立ち上がったところ、父親は腰を抜かして動けなくなったそうだ。

「何かあったら呼んで下さい」

お化けはそう言って古井戸の底にふたたび身を沈めた。

闇の中を進むほどに、木魚と読経の音が大きくなっていった。芒《すすき》の原に架かる橋を渡ると、防水シートに黒い水を溜《た》めた沼地に出る。ボウフラが湧かぬように流しこんだ油が、異臭を漂わせている。

その広い空間は戦国時代の合戦場という設《しつら》えで、あたりかまわず累々たる骸《むくろ》が転がっていた。

矢を満身に受けて立ち往生している鎧武者《よろいむしゃ》。水の中に顔をつっこんだまま、電動の手足をもがく足軽。横たわったまま腹を膨らませ、瞬《まばた》きをする馬。地面に突き刺さった槍《やり》や刀。風に靡《なび》く旗印。とりわけ目を引くのは、ちぎれた人間の足にかぶりつく老婆のロボットである。

行く手の路上に、ぽつねんと少年が佇んでいた。照明の赤い炎に彩られたその姿は、人形に見紛《みまが》うほど生気を欠いていた。

「ボク、どうした」

少年は汚れたランニング・シャツの腕を伸ばして、路傍の茂みを指さした。

造り物の木立ちの根方に、父親が蹲《うずくま》っていた。正座をした姿勢で前かがみに体を倒し、震える掌《てのひら》を合わせているのだった。

「とうちゃんが、どうかなっちまった。助けておくれよ」

考えるまでもなく勝男は理解した。

この人は南溟《なんめい》の玉砕の島から生還したのだ。弾丸も尽き果て、口にする食料の一粒とてない地獄から。

勝男は男の前に膝を揃えて詫びた。

「とんでもないことをしました。申しわけありませんでした」

遊園地という嘘の世界は、特攻隊や玉砕の島の生き残りが、やっとの思いで被《き》せた記憶の蓋を覆してしまった。そして、百円の大入袋が欲しくて、自分はその人たちを嘘の世界に引きずりこんだのだ、と勝男は思った。

震える背中をさすりながら、勝男は酷《むご》たらしい戦場のありさまに目を凝らした。

昭和二十年一月。比島方面レイテ島。

父という人は、顔かたちばかりではなく、何から何まで自分と瓜ふたつだったのではあるまいか。


都電の最終が行ってしまえば、停留場の前の屋台も店じまいだ。

きょうは格別の大入りだったから、お客の捌けも悪いだろう。ラーメンはあきらめて、百円玉は貯金箱に入れるとしよう。

待てよ、と思いついて、勝男は観覧車の窓を拭う手を止めた。

紙幣から貨幣への転換が消費向上に資するという考えは、やはりおかしくはないか。紙幣はたしかに有難味があって崩しづらいけれど、結局は使ってしまう。しかし貨幣は金槌《かなづち》で割らなければ使えぬ、豚や郵便ポストの貯金箱に収められていく。つまるところ流通せずに退蔵されるのは、貨幣のほうではないのだろうか。その証拠に強大なアメリカの消費社会は、一ドルの単位からの紙幣によって支えられている。

そんなことを考えているといよいよ興味が湧いて、こうとなったら日銀か大蔵省で小沢と机を並べてやろうか、などと思った。

ガラスにべっとりと塗りたくられたポマードを石鹼水《せっけんすい》で洗い流しているうちに、観覧車は光の洪水を抜け出して夜空へと昇っていった。閉園三十分前から、アルバイトはこの作業に総動員される。

一つ下の箱には小沢、その下には初子、そのまた下には、あろうことか化粧も衣裳《いしょう》もそのままのお化けが、懸命に窓を拭いていた。

観覧車を飾るライトが消えた。スピーカーは陽気なジャズのかわりに、「蛍の光」を流し始めた。

鈴蘭の蛍光灯が並ぶメイン・プロムナードを、パナマ帽の紳士とお坊っちゃまが歩み去ってゆく。

夜空の高みから、仲良く手をつないだ二人を見送りながら、勝男は思わずアッと声を上げた。

反対方向から、地下足袋の父親がランニング・シャツの倅《せがれ》の肩を抱き寄せて歩いてきた。千鳥足の父を、倅が支えているようにも見えた。

たぶん一組は国電で、一組は北門から出て都電か地下鉄に乗るのだろう。

もっとも、赤の他人同士なのだから何が起こるわけもない。夏の花が時を怪しまずに咲き誇るロータリーで、親子連れは何事もなくすれちがい、また遠ざかっていった。

やはり遊園地は嘘の世界などではなく、看板通りの夢の世界なのだと思った。

観覧車が頂きをきわめ、満天の星ぼしに抱きしめられたころ、勝男は奥歯を噛《か》みしめて誓った。

明日の日曜は朝一番に出勤して、母に電話をする。後にも先にも、この一度きりだ。

もしもし。おかあさんですか。

よかった。みなさんにご迷惑をかけずにすんだよ。ほっとした。

どなたか近くにいるなら、何も言わずに黙って聞いていて下さい。怪しまれないように背中を向けて、もし訊《き》かれたら、電話が混線してるみたいだと言って。

突然のことでびっくりしただろうけど、心配は何もありません。風邪もひかないし、おなかもこわしません。精いっぱいがんばっているし、まちがったことはけっしてしませんから、僕のことはなるたけ考えないようにして下さい。

電話をしたのは、おとうさんのことを誤解してほしくはないからです。

せっかちで短気で、あまり物を考えない人だから、さっさと死んでしまったのだろうとおかあさんは言ったね。

でも、そんな人じゃなかった。ずっと、おかあさんや僕のことを考え続けて、どうにか生きて帰ろうと懸命に努力したんだけど、とうとうどうしようもなくなったんだ。とても根気強くて、考え深い人だったんだ。

そんなこと、おかあさんはわかっていたのかもしれません。もしおとうさんの良いところばかり言ったら、かえって僕が悲しむだろうから、あきらめがつくような言い方をしたんだろうって。

でも、おかあさんは女だし、もしかしたらおとうさんを誤解しているかもしれないと思ったんです。男にしかわからない男心って、あるものですよ。

僕も東京でちょっとばかり苦労をして、おとうさんのことがわかるようになりました。ましてや血を分けた倅なんだから、おとうさんのことがよくわからなければ嘘です。顔は知らなくたって、鏡を見ればいつもおとうさんが立っているし、声も体つきも、性格も頭の中も、何から何までおとうさんの生き写しだと思います。

もしもし、聞こえてますね。

返事はしないで下さい。

だからね、おかあさん。おとうさんと僕はずっと一緒にいるから、もう考えないで。おかあさんはおかあさんの幸せだけを、けっして手放さないで。

そうして、おたがいがこれまでの不幸をすべて取り返したなら、きっといつか晴ればれと会える日がくるから。

電話、切ります。

風邪ひいてませんね。おなかこわしてませんね。みなさんに面倒をかけてませんね。

それじゃ、がんばって。

不寝番

営庭に佇《たたず》んで夜空を見上げていると、ふいに雲が押しやられて満天の星が現れた。

じきに地上にも風が渡り、富士の裾野を被《おお》う一面の芒原《すすきはら》が、金色の穂を波頭のように騒がせて迫ってきた。顔を庇《かば》う間もなく砂塵《さじん》が吹きつけた。

片山《かたやま》は風に背を向けて蹲《うずくま》った。砂粒が目に入ってしまった。しかも肝心の右目が、針でも刺したかのように痛んだ。けっしてこすってはならない。まず涙で洗い流さなければ。

明日はこの集合訓練の結果を問う射撃競技会である。まさか優勝候補の射手が不寝番に立たされるとは思ってもいなかった。しかも午前零時から一時まで上番《じょうばん》する第三直は、否応《いやおう》なく睡眠時間を奪われる。

たかだか一時間の寝不足が翌日の成績に影響するとは思えないが、汗もかかず大声も上げずに、じっと照門を睨《にら》み続けてきた一ヵ月を振り返れば、自分ひとりがいきなり重荷を背負わされたような気がしていた。

集合訓練に参加している三十名は、いずれも各連隊から選抜された腕自慢の隊員だった。陸上自衛官としては働き盛りの三等陸曹と、古参の陸士長ばかりで、たぶん任期の継続をして間もない片山士長は、序列でいうなら最も下位である。

だがこの一ヵ月間は訓練も営内生活も、階級序列に関係なく公平だった。隊員の各々がほとんど見ず知らずであり、あくまで優秀な狙撃手を練成するための集合教育だからだった。

しかし、どう考えても競技会前夜の不寝番は、序列を考慮したとしか思えなかった。消灯直後の二十二時から二十三時までの第一直は、就寝時間が一時間遅くなるだけで何の苦労もない。また、午前五時から六時までの第八直は、起床が一時間早くなるだけのことだった。第二直と第七直もおおむねそれに準ずるとして、苦痛を感ずるのは第三直から第六直までの深夜上番である。

砂粒は涙が洗い流してくれたが、痛みは消えなかった。薄目を開けて夜空を見上げると、溢《あふ》れる星明りまでもが瞳を刺した。

地面に尻をついて木銃を構え、座り射ちの姿勢をとった。右目が開けられない。照準ができない。

おいおい、冗談《なま》だろ。朝霞《あさか》の射場で半月、富士で半月、射撃訓練以外は何もせずに過ごして体を鈍らせたあげく、総仕上げの競技会を病欠かよ。

中隊長の訓示が胸に甦《よみがえ》った。

（片山士長は今般、わが連隊を代表して、東部方面隊射撃集合訓練に参加することとなった。連隊選抜三名のうちの一名である。歩兵の本領たる六四式《ろくよんしき》小銃射撃の選手を、わが第四中隊から送り出すことはまことに喜ばしい。ぜひとも各部隊から選《よ》りすぐった名手たちに伍《ご》して、優秀な成績を収めてもらいたい。片山士長、前へ）

実のところ、そこまで大げさな話だとは思っていなかった。中隊長の隣りに進み出て、「頑張ってきます」と敬礼をすると、やんやの拍手喝采が返ってきた。

その日のうちに小銃と衣嚢《いのう》を背負い、ジープで朝霞駐屯地に向かった。ほかの二名は一中隊と三中隊の三等陸曹で、ほとんど面識のない隊員だった。

射撃は体力を必要としない。そのかわり、視力と性格が物を言うとされている。三百メートル先の小さな標的を見極めるためには、一・五以上の視力がなくてはならず、また些細《ささい》なことを気にする神経質な性格も射撃には向いていない。銃剣術も徒手格闘術もさほど得意ではない片山だが、たしかに射手の条件は満たしていた。

東部方面の諸部隊から、名うての狙撃手ばかりを集めた集合訓練隊は、ふしぎな雰囲気だった。

おしなべて無口な隊員ばかりだから、会話が少ない。十名ずつ三つに分けられた営内班はどこも静まり返っていて、暇な時間には誰もが銃の手入れをしているか、教本を読んでいた。階級がちがっても、命じたり命じられたりすることは絶えてなかった。

一ヵ月を共に起居して、たがいがいくらかは馴《な》じみもしたが、訓練隊の静謐《せいひつ》な空気は変わらない。いまだに一言も言葉をかわしていない者も多く、名前と顔が一致していなかった。

だが、片山にとっては居心地の悪い場所ではなかった。むしろ嫌でも他者が干渉してくる原隊の営内班よりもずっと落ち着いた。どうかすると、ベッドに横たわっている射手たちが生身の人間ではなくて、黒々と磨き上げられた六四式小銃そのものであるような気がした。

片山士長は腕時計を星明りに向けて時刻を見た。右の瞼《まぶた》はまだ開けられない。

零時五十分。〇〇五〇《まるまるごおまる》。もうじき交代の時間だ。

片山賢三《けんぞう》が地方連絡部の勧誘員に声をかけられたのは、おととしの夏の盛りだった。高校を中退してからはヤクザの使いッ走りで、留置場には三度ぶちこまれ、鑑別所にも一度行った。

二十歳《はたち》になったら世間は甘くないぞ、と少年課の刑事に釘《くぎ》を刺されていた。その二十歳の誕生日を過ぎて幾日も経《た》たぬころ、新宿の地下街で肩を叩かれたのだった。

「君、学生さん？　いい体してるね。ちょっと時間あるかな」

男はきちんとネクタイを締めていて、笑顔を絶やさなかった。

百科事典のセールスマンならば、「いい体してるね」とは言うまい。だとすると、工事現場の口入れ屋か、さもなくば同性愛者だろうと思った。それでも誘われるまま喫茶店に入ったのは、アイスコーヒーを飲む金もなかったし、時間はいくらでもあったからだ。

熱帯魚の泳ぐ薄暗い喫茶店に腰を落ち着けると、男は「自衛隊地方連絡部」という肩書きの付いた名刺を差し出した。

街なかにそういう勧誘員がいる、という噂《うわさ》は悪い友人たちから聞いていた。両手の指が揃《そろ》っていて、刺青《いれずみ》が入っていなければ、誰でも自衛官になれるのだそうだ。なるほど男の視線は、片山の指先とアロハシャツの腕に向けられていた。

一杯のコーヒーの義理で、話を聞き始めた。ところがそのうち、知れ切った人生を変えるチャンスであるような気がしてきた。

運転免許が取れる。それも、大型一種、特殊、牽引《けんいん》。そればかりではない。危険物取扱、ボイラー、調理師免許。そういう資格を取って二年後に戻ってくれば、もう生活に不自由はない。

「二年、ですか」と、片山が訊《き》き返すと、男は嬉《うれ》しそうに肯《うなず》いた。

海と空は三年が一任期なのだが、陸は二年なのだそうだ。もちろん任期を継続すれば、給料も階級も上がる。

「さしあたって、何か問題はあるかな」

とうてい自衛官とは思えぬ柔らかな口調で男は訊《たず》ねた。

片山は洗い浚《ざら》いの身上をしゃべった。どこの職場でも忌避されるはずの問題にちがいなかった。

ヤクザとのかかわり。

「それはこちらから挨拶に行く」

勘当同然の家。

「まさか親御さんは反対しないだろう」

借金。

「返すか返さないかは君の判断に任せるが、借用証があって返済義務のあるものは書き出しておいてくれ。こちらで始末する」

ベトナム戦争。

「あのね、君。自衛隊は戦争をしないんだ。ソ連が攻めてきたなら戦うがね」

高校中退の学歴。

「上等じゃないか。君が希望するなら、夜間高校にも通えるし、大学にだって進学できる」

入隊の決心をしたのは、その回答だった。高校を中退したときから人生が捻《ね》じ曲がったと思っていた。もういちど、岐路に戻ることができる。

「よし。ではこれから書類を作るので、事務所に行こう」

いかにも気が変わらぬうちにすましてしまおう、というふうだった。

喫茶店を出たとたん、空を濁らせて夕立がきた。男は背広が濡《ぬ》れるのもかまわず歩き出した。

歩くほどに、どこか異界に連れ去られていくような気がした。そのうち街のたたずまいも、すれちがう人々の顔も、見知らぬ異国のそれのように思えてきた。

「ほかに何かあるのかな」

地下街に入ると、男は片山の顔色を窺《うかが》いながら訊ねた。口に出していない問題がひとつだけあった。

女。

「彼女か。どの程度の付き合いだね」

齢上《としうえ》の女に飯を食わせてもらっていると、片山はありのままを伝えた。事実はその通りで、感情を殺してしまえばほかに言いようはなかった。

歩きながら男は、こともなげに言った。

「捨てればいい」

恋人を捨てるのではなく、これまでの人生をすべて捨てるのだと、片山は思うことにした。

水道の蛇口を立てて目を洗うと、いくらか楽になった。

営庭に出て星空を見上げた。痛みは残っているが、ともかく瞼は開いた。交互に目を閉じて視力を確かめているうちに、富士の頂きから箱根《はこね》の山影まで、天の河が流れていることに気付いた。これまで何度も演習に出て、天幕も張らずに露営したが、天の河を見たのは初めてだった。

星ぼしの集合が煙るような銀河になって、太く湾《のた》れながら夜空を渡っていた。

今さら気付いたというのも妙な話だが、たぶん三本線の陸士長に昇任して、演習場の空を見る余裕ができたのだろうと思った。

灰原《はいばら》分屯地は東富士演習場のまっただ中に、旧軍以来の木造隊舎を並べている。駐屯する部隊はなく、もっぱら演習場内の廠舎《しょうしゃ》として使われていた。食堂も風呂もないが、屋内の居室とベッドはあるので、天幕を張るよりはよほどましだった。

周囲は乾いた火山灰の台地で、秋から初冬にかけては一面を芒の穂が被った。富士の頂きは足元から仰ぎ見るほど近く、山麓の遥《はる》か彼方《かなた》に東名高速の光があった。

青白く照らされた芒原を見渡しながらふと、女はどうしているのだろうと思った。考えなかったのか、考えないようにしていたのか、そのうち顔も忘れてしまったのだが、どうしたわけか誕生日だけは覚えていた。二十七になっているはずだから、結婚したかもしれない。

常夜灯のともる廠舎の軒下に戻って、腕時計を見た。〇〇五五《まるまるごおごお》。ぼちぼち第四直を揺り起こしてこの定位置に連れ出し、不寝番を引き継ぐ時間である。

ベッドに入っても、体が温《ぬく》まるまでは眠れない。ありがたいことに、このごろの自動販売機には熱い缶コーヒーが入っている。

ところで、その自動販売機は定位置からわずか十歩の戸外に、隊舎の板壁に寄りかかるようにして置かれていた。ぼんやりとともる常夜灯よりもずっと明るい。

おかげで心細くもなく、巡察者の姿も発見しやすいのだが、星空のさまたげになっていた。片山が突風に煽《あお》られて目を潰されたのも、星を見ようとして営庭の暗みに立ったからだった。

そう思えば癪《しやく》にも障るが、永遠に交代のない歩哨《ほしよう》か不寝番のようで、気の毒にもなった。

古ぼけた平屋の廠舎は、星明りの下に静まり返っている。模型のような同じサイズが三つ四つ、まるで整列したように並んでいて、もし自動販売機が置かれていなければ、自衛隊の「隊舎」ではなく、壊しそこねた帝国陸軍の「兵舎」としか思えないだろう。孤独な不寝番が妙な想像をしなくてすむ分だけ、自動販売機は役に立っているのかもしれなかった。

もういちど腕時計を確認して、片山士長は定位置を離れた。

集合訓練隊の居室は、一号廠舎の東側に、廊下を隔てて割り当てられていた。ほかの廠舎を使用している部隊はなかった。

その居室の体裁は、灰原分屯地の名物だった。まさか故意に保存しているわけでもなかろうが、旧陸軍の内務班がそっくりそのまま残っているのである。

廊下の左右に、ドアも壁もない居室が二つ。どちらにも年季の入った鋼鉄の寝台が、七つずつ整然と並んでいる。自衛隊のベッドよりいくらか小ぶりだが、スプリングの弛《ゆる》んだ二段ベッドよりも、ずっと寝心地がよかった。

かつて三八式《さんぱちしき》歩兵銃が並んでいた銃架もそのままだった。むろん今日の六四式小銃は、事務室の隣りの武器庫に納めてある。

廊下の軋《きし》みを気遣いながら歩いた。歪《ゆが》んだガラス窓を通して、星明りがくっきりと射《さ》し入っていた。

もしかしたら自分たちが考えるほど、戦後二十八年という歳月は遥かな時間ではないのかもしれない、と思った。

師団長も連隊長も、陸軍士官学校の卒業生なのである。古株の陸曹も、旧軍の兵隊から居流れていた。生身の人間ですらそうなのだから、軍隊の施設を昔の遺物のように考えるほうがおかしい。

　ドアも壁もない左右の居室に、懐中電灯の光を向けた。

　隊員たちの坊主頭が並んでいる。原隊の期待を背負って送り出された射手たちは、覚悟を示すように頭を刈っていた。そうした指示があったわけではないが、何だか気負けしそうに思えて、朝霞駐屯地に集合したその日のうちに、片山もスポーツ刈りを五厘に丸めた。何日か経つと、齢かさの三等陸曹まで坊主になっていた。

　寝台の足元に渡された棚には、各々の装具が整頓されている。狙撃手はおしなべて穏やかな性格で、けっして神経質ではない。しかし共通して言えることは、誰もが几帳面《きちょうめん》だった。小銃の手入れが行き届いているのと同様に、半長靴《はんちょうか》はいつもぴかぴかに磨き上げられており、作業服は折目正しくアイロンが当てられていた。

　古新聞を詰めこんで型を整えた背嚢の上に鉄帽が載せられ、左右に飯盒《はんごう》と携帯円匙《えんぴ》が立てられている。乱れはどこにもなく、まるで内務の手本のような居室だった。

　実は何も変わっていないのではないか、と片山は思った。陸軍が陸上自衛隊という名前に変わり、歩兵聯隊《れんたい》が普通科連隊に、陸軍兵長が陸士長になっただけなのではなかろうか。たとえどのような経緯があったにせよ、二十八年という時間が、そうやすやすとすべてを変えるとは思えなかった。

　懐中電灯を床に向けて、居室に歩みこんだ。不寝番はベッドの枕元に木札を吊《つ》るし、通路の床にチョークで矢印を書く。服務規則ではなく、営内の慣習だった。

最も奥の寝台に木札が下げられ、すこぶる几帳面な、冗談としか思えぬチョークの氏名が床に記されていた。

不寝番第四直　仙波《せんば》上等兵
直立不動の姿勢で仰向けに眠る隊員に光を当てて、片山は笑いをこらえた。

顔にはとんと見覚えがないのだが、なるほどこいつは「仙波士長」というより、「仙波上等兵」だと思った。たぶん、帝国陸軍でも立派に通用する兵隊だろう。

鼻筋の通った、なかなかの男前である。

「起床、起床。仙波上等兵殿、不寝番第四直、上番であります」

笑い声を嚙《か》み潰して、片山士長は仙波の肩を揺すった。

＊

不寝番第四直を命じられて、その夜の仙波上等兵は荒れた。

召集兵とはいえ、通算すれば支那《シナ》事変からこの方、五年も軍隊の物相飯《もっそうめし》を食ってきたのである。

週番下士官の松山伍長は、日夕《につせき》点呼をおえたあと内務班に戻ってきて、ほかの兵隊に聞こえぬように「仙波さん、俺が決めたわけじゃないから」と言いわけをした。

松山の立場はわからぬでもなかった。現役で入営したときには、仙波があれこれと面倒を見た。再召集された仙波を、自分の内務班に引き取ったのも心遣いだったのだろう。

松山は下士官を志願して軍隊に残り、大動員で赤紙を貰《もら》った仙波が、上等兵のまま娑《しゃ》婆《ば》から舞い戻ってきた。こうなると軍隊の慣習は厄介だった。

不寝番第四直などというのは、新兵の役目にきまっている。軍隊を知り尽くしている松山伍長や班長や准尉や、そのほか事務室勤務の誰が、そんな無体を考えつくだろう。だとすると、古兵風を吹かせる仙波を常日ごろから心よく思っていない、週番士官の嫌がらせにちがいなかった。

士官学校出の少尉殿ならともかく、大学から引っ張ってきた学徒将校にそんな仕打ちをされたのでは腹も立つ。

演習場の宿営地というのがまたいかにも、狙い定めた企《たくら》みのように思えた。召集兵の仙波は体が鈍っている分、御殿場《ごてんば》駅からの行軍で疲れ果てていた。灰原廠舎までの砂地の登りでは、すっかり息が上がってしまった。

昔とった杵柄《きねづか》といえば、中隊で一番はむろんのこと、聯隊でも一、二を争った射撃の腕前である。明日の実弾射撃ではみんなをアッと言わせたいところだが、こうもくたびれているうえ真夜中の不寝番につけられたとあっては、中《あた》るものも中らぬような気がした。

やはりどう考えても、あの青二才の差し金にちがいない。演習地で週番士官についたのをこれ幸いと、気に食わぬ古兵を深夜の不寝番に立てたのだ。そのうえ寝不足の仙波が射撃の成績を落とせば、ざまあみろである。

だが、そう確信しても文句をつける相手は、班付《はんづき》の松山伍長しかいなかった。

「なあ、松山。貴様が決めたわけじゃないのなら、いったい誰が決めたんだ」

声をひそめたつもりだったが、仙波の編上靴《へんじょうか》を磨いていた初年兵が、ぎょっと顔を上げた。二人の関係を知らなければ、上等兵が伍長を呼び捨てにするなどありえない。

とっさに松山伍長は、仙波の腕を摑《つか》んで内務班から連れ出した。

「自分が悪くありました。こらえて下さい」

さすがに頭は下げぬが、松山は目で詫《わ》びていた。

「五年兵の俺が四直だの五直だの、ほかの者に示しがつかんぞ。こんなことが二度あったら、営倉覚悟で将校室に怒鳴りこむからな」

月のない晩なのに、営庭には廠舎の軒が黒々と切り落ちていた。ガラス越しに仰ぎ見ると満天の星である。戸外は氷点下の寒さだろう。

仙波は怖気《おぞけ》をふるって、気がかりな噂を口に出した。

「ところで、このまま外地に出るという話は本当か」

答えるでも、空とぼけるでもなく、松山伍長は黙りこくってしまった。

「兵隊たちの噂話だがな。この演習は実弾射撃にこと寄せて、満洲《まんしゅう》の寒さに慣らしているんじゃないかと」

「自分は聞いていません」

仙波が言いおえぬうちに、松山はきっぱりと答えた。

「言われてみれば、被服も装具もいささか大げさじゃないか。週番下士官なら本当のところは知っとろう」

「いえ、聞いておりません」

知らぬとは言わず、聞いていないと答えるのは、たぶん図星なのだろうと仙波は思った。

溜息《ためいき》がガラス窓を濁らせた。部隊行動は厳に秘匿されているはずだが、兵隊たちの噂話にはまず外れがない。はなからそのつもりの赤紙だったのかと思うと、ようやく伝い歩きを始めた娘の温もりが掌《てのひら》に甦って、当たるあてのない悔やしさがこみ上げてきた。

兵営の噂には尾鰭《おひれ》がつかない。すなわち内容がこと細かであればあるほど、ただのデマではない。

聯隊からわが大隊だけが抜かれて、関東軍の指揮下に入る。満洲はすでに厳冬期であるから、いったん富士の灰原廠舎に入り、氷点下の寒さや装具の取扱いに慣れておく。

四日後に演習をおえても、御殿場発の汽車は東京に戻らない。窓の日除《ひよ》けを下ろしたまま反対方向に一昼夜走って、宇品《うじな》港から輸送船に乗せられる。

それはそれで、戦時下なのだから仕方ないにしても、あの青二才の指揮する小隊だけは勘弁してほしい。たとえ敵が匪賊《ひぞく》だろうとソ連兵だろうと、命はいくつあっても足りぬ。

内務班から「初年兵整列」という大声が聞こえた。

「いいか、よく聞けよ。貴様らがたるんどるから、仙波上等兵殿が真夜中の不寝番なんぞに立たねばならんのだ」

教育掛《きょういくがかり》の二年兵は仙波に阿《おもね》っているわけではない。生き神様のような五年兵が第四直に立つという異常事態には、何かしら理屈をつけなければならないのだ。

続けざまにビンタを取ったあと、二年兵は廊下に出て姿勢を正し、「仙波上等兵殿、よろしく願います」と言った。ことのなりゆきをすべて承知のうえで、松山伍長を責めているようにも聞こえた。

軍隊の規律を保つものは、おしきせの内務書などではなく、慣習なのである。命令には服従しなければならぬが、慣習にそぐわぬ命令ならば、それなりの理屈を捏《こ》ねる必要があった。殴られる初年兵からすれば八ツ当たりとしか思えぬにしても、飯《メンコ》の数を重ねれば誰もが理解する。

「もうじき消灯です」と、ひとこと釘を刺して、松山伍長は下士官室に戻って行った。

正直のところ、仙波は私的制裁を好まない。みずから手を上げるどころか、ころあいを見計らって「そのくらいにしておけ」と止めに入るのが、いつも仙波の役回りだった。軍隊の外では他人を叩いたためしもなかった。

だが、ここは理屈を通さねばならない。五年兵の権威ではなく、常識を弁《わきま》えぬ将校下士官の面目を潰さぬために、殴らねばならぬと仙波は思った。八ツ当たりと取るのならそれでもいい。

内務班に戻り、直立不動で待ち受ける四人の顔を、片ッ端から物も言わずに張った。気の利いた説諭のひとつも垂れなければならぬのだが、こいつらも満洲に出るのだと思うと、うまい言葉が見つからなかった。

「寝不足では弾が中らんぞ。ぐっすり眠れ」

消灯ラッパに救われたのは、初年兵ばかりではなかった。

電灯が消える前に白墨で矢印を書き、寝台の足元に「不寝番第四直　仙波上等兵」と几帳面な字で記した。

毛布に潜りこんでから考えても、いったい自分が何に対して腹を立てたのか、仙波にはよくわからなかった。

「起床、起床。仙波上等兵殿、不寝番第四直、上番であります」

肩を揺すられて仙波は目覚めた。

昼間の行軍がよほど身に応えていたらしく、泥のように眠りこけていた。とっさにはここがどこで、何が起こったのかわからなかった。

「何だ、非常呼集か」

「いえ、不寝番です」

そこでようやく我に返り、はね起きて衣袴《いこ》を斉《ととの》えた。軍衣の下には防寒襦袢《じゆばん》を着て、外套《がいとう》を羽織った。

申し送りは玄関口の定位置で行う。第三直の兵隊は懐中電灯で足元を照らしながら、先に立って歩き出した。

廊下は星明りに満ちていた。仙波は下番《かばん》する兵の身なりを怪しんだ。暖かそうな半外套を着ている。地下足袋のように長い編上靴の中に、軍袴の裾をたるませたまま押しこんでいた。新式の外套と防寒靴なのだろうか。見た目は悪いが、なるほどこの靴ならばゲートルよりも雪がしみこみにくい。

しかし、同じ中隊に新式の装具が行き渡っていないというのは、あってはならぬ不公平だと思った。それとも、演習地の不寝番は他中隊との混成なのだろうか。そんな話は聞いたためしもないが。

兵隊は肩幅が広く、背丈も高かった。いかにもバリバリの現役兵だ。

「すまんが、厠《かわや》を使わしてくれ」

辛抱たまらぬというわけでもないが、小便をひって目を覚まそうと思った。

真冬の兵舎はどこも同じで、なぜか厠の中が格段に暖かい。だから寒い夜更けには、巡検と称して厠に立ち続ける不寝番もいた。

小便をしながら考えた。下番する兵に見覚えはない。もっとも、仙波が娑婆に出ている間に兵隊のあらかたは入れ替わっているから、中隊の中も知らぬ顔だらけだった。言葉遣いには気を付けなければならない。この戦時下では満期除隊などお題目で、現役のまま軍歴を重ねる兵も多いはずだった。

定位置の常夜灯の下で、第三直の兵は木銃の素振りをしていた。踏み出した左足は音を立てぬよう配慮しているが、みごとな構えだった。

二人は向き合って姿勢を正した。

「不寝番第三直、片山士長。異常なく申し送り下番します」

片山兵長。知らぬ名前だ。階級はひとつ上だが、齢はせいぜい二十二か三というところで、仙波より飯《メンコ》の数が多いとは思えなかった。だにしても兵長が第三直とは、この男も週番士官に睨まれている口だろうか。

「不寝番第四直、仙波上等兵。異常なく申し受け上番します」

「申し送り物品。懐中電灯、一。木銃、一」

「申し受け物品。懐中電灯、一。木銃、一」

そこで片山兵長は、顔をしかめて右目をつむった。

「申し送り事項ですが、営庭で砂が目に入りました。注意して下さい」

「了解。砂に注意。おい、大丈夫か。明日の射撃に障るんじゃないか」

片山は「はあ」と気弱に答えて瞼をしばたたいた。右の眦《まなじり》から涙がこぼれていた。

「こするなよ。水で洗って風乾《ふうかん》。どれ、ちょっと見せてみろ」

よほど痛むのだろうか、しかめ面が今にも壊れて、子供のように泣き出しそうだった。

常夜灯の光に向かってアカンベエをさせると、白目が真赤に充血していた。

「痛かろう」

「いえ」

痛いかと訊かれて痛いと答える兵隊はいない。その痛みを斟酌《しんしやく》するのが、古兵の務めだった。

「日朝点呼をおえたら、看護兵に目薬をさしてもらえ」

「はい」

片山が従順なのは、あらかじめこちらの軍歴を知っているのだろう、と仙波は思った。

班長班付の下士官から聞かされていたか、内務班の古株が耳に入れていたのだ。

「ところで、片山兵長は何年兵だね」

「三年目です」

「そりゃまた、ずいぶん早い出世だな。下士候《かしこう》か」

「いえ」

いったい何を怯《おび》えているのだろう。話すほどに片山の表情は硬くなっていった。たぶん意地の悪い下士官が、仙波上等兵は鬼だの蛇だのと、あることないこと吹きこんだのではあるまいか。

それにしても、陸軍兵長という階級が仙波にはよくわからなかった。たぶん、昔でいう「伍長勤務上等兵」というところなのだろうが、仙波が現役のころには、そもそも「兵長」という階級がなかった。だとすると、自分も近々、その兵長とやらに進級するのかもしれない。

ともかく、これで片山兵長の腰が引けているわけがわかった。兵隊は星の数より飯《メンコ》の数で、もし再召集の五年兵に対して粗相があれば、若い現役の兵長などひとたまりもない。兵営の不文律である。

「何か手柄でも立てたのか」

片山兵長はしばらく考えるふうをしてから答えた。

「連隊の射撃大会で優勝しました」

なるほど、そういうことか。

思えば仙波が一選抜で上等兵に進級したのも、聯隊屈指の腕前が物を言ったからである。自分が娑婆にいる間に、片山は同じ殊勲を挙げて出世をした、ということになる。平時には一千名の歩兵聯隊が、四千人に膨れ上がっている大動員なのだから、あってもよさそうな話だった。

しかし内務班には、三年目でもまだ一等兵のままというポンコツもいる。片山はよほど優秀な兵隊なのだろう。

「あの――仙波上等兵殿」

懐中電灯と木銃をうやうやしく申し送ってから、片山はためらいがちに言った。

「何を聞かされているのか知らんが、ドノはやめておけ。仙波さん、でいいよ。俺は貴様が考えているほど、乱暴な兵隊ではない」

「はい。では、お訊ねします。仙波さんは、自分をからかっているのですか」

「俺は何も知らん。つまらんことを吹きこんだのは誰だ」

いちどきつく目をつむってから、片山は気を取り直すように仙波を睨みつけた。

「どこから来たのですか」

「どこからって、今さっき貴様が起こしにきたじゃないか。しっかりせよ、寝呆《ねぼ》けているのか」

「自分は、寝呆けてなどいません」

「では、どこか具合が悪いんじゃないか」

「悪くありません」

斟酌してやらねばならない、と仙波は思った。こいつは大動員のおかげで兵長に押し上げられたが、俺は戦地でいくども弾の下を潜《くぐ》ってきた五年兵なのだ。

考えるまでもなかった。この実弾演習が終われば、部隊が満洲に出ると知って動揺している。不寝番に立つ一時間は、警戒というよりみずからを問いつめる時間だった。不寝番が上番中に首を吊ったなどという話は珍しくもない。

「女房子供はいるのか」

「いません」

「親は達者か」

「あまり縁がありません」

「恋人か許婚《いいなずけ》は」

少し考えるふうをしてから、片山は「いません」と言った。

身ひとつの男が何を怖《おそ》れる、と叱りつけるのは簡単だが、人間の苦悩はそれぞれの事情よりもむしろ、性格に拠《よ》るところが大きい。この若い兵長の迷いは、自分がここで除いてやらねばならぬと仙波は思った。

「片山兵長、気を付け」

声を絞って号令をかけ、背筋が伸びたと思う間に鉄拳をふるった。片山はよろめいたが、じきに不動の姿勢を取った。

「俺には惚《ほ》れた女房も、可愛《かわい》いさかりの娘もいる。中風で寝たきりのおやじを、老いぼれたおふくろが面倒見ている。戦地に出れば、貴様はそんな兵隊に突撃を命ずるのだぞ。恥を知れ」

もういちど、平手で頬を張った。踏みこたえて姿勢を正し、片山兵長は「悪くありました」と言った。これでいい。不寝番の立哨《りっしょう》中に湧き出た毒は、きれいさっぱり拭われたはずだ。

兵隊を殴ったあとは、いつもきまって気まずさが残る。どれほど正当な理由があろうと、人を殴るのは苦手だった。

火山灰を搗《つ》き固めた営庭には、白砂を敷きつめたように霜が降りて、見上げれば星空のただなかを、天の河が流れていた。

「あの、仙波さん。もう少し、いいでしょうか」

妙に気易《きやす》い口調で、片山兵長が声をかけてきた。

＊

申し送りをすませて下番したら、何はさておき熱いコーヒーで掌と腹の中を温めたかった。

仙波上等兵は自動販売機を知らないらしい。片山が光の中で硬貨を選びボタンを押すまで、動作の逐一を興味深げに見つめていた。大げさな音を立てて缶コーヒーが転げ出ると、まるで迫撃砲の不発弾にでも出くわしたかのように、アッと声を上げて身を屈《かが》めた。

「おごらせて下さい」

もし運悪く巡察が来ても、飲み物ぐらいは大目に見てくれるだろう。だいたいからして、不寝番の定位置のすぐそばに、さあお飲みなさいとばかりに自動販売機を置いておくほうがおかしいのだ。

仙波は缶コーヒーを受け取ろうとしなかった。上番中だから飲まぬというわけではなく、そもそもそれが何かわからない様子だった。

缶入りの飲料はなかったのだろうか。考えてみれば片山が幼いころには、サイダーもジュースも瓶に入っていた。缶ジュースが出現したのは小学生のころだったと思う。

「危険物じゃありません」

片山はひとくち飲んでから、もう一本の蓋を引き開けて仙波に勧めた。ふしぎそうに缶を検《あらた》め、おそるおそる啜《すす》ったあとで、「あ、うまいな」と仙波は言った。

「近ごろは何でもかんでも代用品になっちまったのに、飲み物の缶詰とはずいぶん贅沢《ぜいたく》な話だ。俺の家の鍋釜がこいつに化けたか」

片山が異変に気付いたのは、交代のために定位置で向き合ったときだった。懐中電灯の光の中ではよく見えなかったのだが、常夜灯の下に立つと、どうにも自衛官の身なりではなかった。まったく「仙波上等兵」だった。

それでも片山は、酔狂な隊員が悪ふざけをしているのだと思った。初めて不寝番に立つ二等陸士にまことしやかな幽霊譚《たん》を聞かせたり、ときには頭からシーツを被《かぶ》って廊下を駆け抜けたりする馬鹿は、どこの中隊にもいる。とうとう趣味が高じて、創隊記念日の仮装行列か演芸会で使用した衣裳《いしよう》を、演習場まで持ちこんだか。

新隊員ならともかく、陸士長を相手に冗談はよせと思いもしたが、それにしては身なりも動作も物言いも堂に入っていた。

もし悪ふざけではないとしたら――その先は頭が回らなくなった。わからない。わからない。だが、何かとんでもないことが起こっているのはたしかだった。

けっして夢ではない。殴られた理由はよくわからないが、パンチとビンタを食らっても目は覚めなかった。

だとすると、本物の幽霊か。それにしては人間味がある。怨念どころか、傷ついた目を心配してくれた。頰に添えた手も温かかった。

缶コーヒーをちびちびと飲みながら、仙波上等兵は霜の降りた営庭を見渡していた。間近に仰ぎ見る富士は夜目にも白く、一面の芒原は風の行方を標《しる》している。灰原分屯地の廠舎は寝静まっていた。仙波にとっての異物は、蛍光灯の光にくるまれた自動販売機と、奇妙な身なりの不寝番だけなのだ。

いや、もしかしたら時を踏みたがえたのは仙波ではなく、自分とこの自動販売機のほうかもしれない。

いずれにしろとんでもない話なのだが、なぜか怖くはなかった。たぶん自分と仙波との間には、法も歴史もさまたげることのできない、兵隊の血脈が通じている。だから肉親の魂を目のあたりにしたように、ありがたさ懐かしさこそあれ、怖くはないのだと片山は思った。

「仙波さん――」

「何だよ」

「どこかおかしいとは思いませんか」

仙波はしばらく片山を見つめてから、「ちょっと妙だな」と苦笑した。

ひどい戦争の果てに、この兵隊がどういう運命をたどったのか、片山は想像したくなかった。それよりも、何かのはずみで共有することになった時間を、大切にしたかった。

思いついて話頭を転じた。

「仙波さんは、射撃が得意でしょう」

たぶんまちがいないと思う。仙波は集合訓練に参加している隊員たちと同様の、物静かで几帳面な、狙撃手の空気をまとっていた。

「貴様には負けんよ」

自信たっぷりに仙波は言った。

「実弾射撃の前に右目を傷つけてしまったら、どうしますか」

「ああ、その話か。俺は両眼《りょうがん》照準だから、右目をやられてもそれほど困らない」

左目をきつくつむって、右目だけで照準する者と、両目を開けたまま右目の視界に集中する者がある。射手それぞれの癖と言っていい。片山は右眼《うがん》照準だが、明日は両眼に変えてみようと思った。

「的が見えているかどうかではない。照門の中心に照星があれば弾は的に吸いこまれる」

仙波上等兵は木銃を掲げて、立ち射《う》ちの姿勢をとった。

「呼吸が乱れていたら中らない。どの姿勢でも息に合わせて、照門の中心にある照星が垂直方向に上下していなければならない。そのためには――」

仙波は木銃を下ろして、控《ひか》え銃《つつ》のまま片山に正対した。

「射座に立つ前には、目をとじて深呼吸する。それだけで大ちがいだ。ああ、いかん。秘伝をしゃべっちまった」

夜空を見上げた。右目だけでは涙で星が滲《にじ》んでしまうが、左目も開けると視野が定まった。

手元の照門の中心と、銃口の照星と、三百メートル先の的が一直線上に並んだとき引金を落とせば弾は命中する。そんなことはむろん承知しているが、深呼吸がコツだとは初耳だった。正しい射撃姿勢やすぐれた視力ではなく、長くて深い呼吸が的を捉えるのだ。「射《しや》は君子の技」という言葉は、譬《たと》えではなかった。

「引鉄《ひきてつ》は、暗夜に霜の降るごとく絞る」

「暗夜に霜の降るごとく」と、片山は復唱した。

営庭は音もなく降る霜に被われていた。呼吸に合わせて、それくらい静かに引金を引くのだ。

「どうだ、片山兵長」

「はい。いけそうな気がします」

「気がする、ではだめだ。必ず中る」

「必ず中ります」

「よし、それでいい。軍隊で覚えたことに無駄はないぞ。射撃だってあんがい役に立つっ」

「役に立つのですか」

「まさか婆婆で鉄砲は撃たんがね。仕事ぶりなら誰にも負けんし、女房も一言で口説き落とした。子供だっておまえ、どう計算しても新婚旅行の熱海《あたみ》で命中だ」

ひとしきり声を殺して笑い合ったあと、片山はふいに胸苦しさを覚えて、仙波の外套の腕を摑んだ。

「どうした、やっぱり痛いか」

死なないで下さい、という懇願がどうしても声にならず、片山は顎を振って泣いた。

戦争は知らない。だが、ゆえなく死んで行った何百万人もの兵隊と自分たちの間には、たしかな血脈があった。

ジャングルの中や船艙《ふなぐら》の底や、凍土の下に埋もれていった日本人を、外国人のように考えていた自分が、情けなくてならなかった。

「ばかだなあ。泣くやつがあるか」

仙波上等兵は叱りもせずに、繊細な狙撃手の指で片山の背中をいたわってくれた。

俺は戦死するのだろうか――。

ふと、柄に似合わぬ弱気の虫が頭をもたげた。弾の飛び交う戦地でも、そんなことは考えたためしがなかったのに、どうしたわけか満洲からは生きて帰れぬような気がしたのだった。

＊

定時に交代するまでは、何とも思わなかった。片山兵長は「異常なく申し送り下番します」と言い、仙波は「異常なく申し受け」て上番したのである。

地下足袋のような編上靴や、茶筒を載せたような戦闘帽は新しく支給された装具だとしても、どう見ても怪しいのは、定位置の脇にのっそりと置かれている、大きくて明るい箱だった。

赤い塗装からすると、新式の消防ポンプか、もしくは掛矢《かけや》や鳶口《とびぐち》など破壊消火の道具入れに見えるのだが、眩《まぶ》しいくらい明るいガラス窓の中には、何やら長細い爆薬状のものが並んでいた。

片山兵長に訊ねようとしたが、召集兵は新しい兵器を知らぬと思われるのも癪だった。

妙なことには、赤い箱にも爆薬状の缶にも、たくさんの横文字が書かれていた。敵性語であるはずはないから、ドイツ製の新兵器なのかもしれない。だにしても、弾薬庫にも収納せず、堂々と真夜中の営庭に置かれているのだから、やはり武器ではないのだろう。

万一火災が起きたとき、不寝番がただちに投擲《とうてき》して鎮火せしめる、最新鋭のドイツ製消火器、というのはどうだ。

ところが、わけのわからぬことになった。赤い箱の前に立った片山兵長が、「おごらせて下さい」と言って蟇口《がまぐち》を取り出した。まさか賽銭《さいせん》ではあるまい。いったい何をおごるというのだ。

ゴトンと鈍い音がして、仙波はとっさに蹲踞《そんきょ》した。「おごらせて下さい」などと言いながら、殴られた仕返しにあとさき構わず、爆薬だか消火器だかを投げつけるつもりなのではないかと思ったのだった。

なおわけのわからぬことに、片山の差し出した缶の中味は熱いコーヒーだった。女房を口説き落とした新橋のミルクホールのそれよりずっと甘くて、給料日に会社の仲間と立ち寄る、銀座のカフェーのそれよりずっと上等に思えた。

鍋釜と同様に、街角のコーヒーまで軍隊に召し上げられたのかと思うと、仙波上等兵の胸は銃後の国民に対する申しわけなさでいっぱいになった。

霜の降りた営庭にしゃがみこんで、片山兵長は「どこかおかしいとは思いませんか」と言った。

その一言で、仙波は雷に打たれでもしたように凝り固まった。思わず編上靴の足元に目を向けて、俺は生きているぞ、と思った。

いつか戦争が終わって、飛行機や軍艦を造る技術が国民生活に向けられたら、きっと真夜中でも勝手に飲み物を売る機械が、発明されるにちがいない。

体格は立派だがいくらか気の弱そうなこの兵隊は、そうした平和な日本から、何かの拍子で物売りの機械と一緒に時間を飛び越えてしまったのではないのか。

いや、もしかしたらその逆で、仙波が未来の世界に滑りこんでしまったのかもしれなかった。

「ちょっと妙だな」

ほかに言葉が見当たらず、仙波はコーヒーに咽《のど》を鳴らしながら笑った。

この灰原の廠舎のどこかに、時間の抜け穴がある。何を馬鹿なと思いはしても、ほかに考えようはなかった。

「いいかげん泣くのはやめろ。巡察が来たら申し開きのしようもないぞ」

「来やしませんよ。来るわけないでしょう」

それもそうだと思った。ここはたぶん、仙波と片山しか入れない世界なのだ。

「ともかく、泣くのはやめろ。こっちまで悲しくなる」

「はい。片山士長、泣くのはやめます」

そうまで嘆く理由が、仙波にはわからなかった。

「少々時間を食ったが、貴様はもういっぺん第四直を起こしに行くがいい」

「そうします。仙波さんはどうするのですか」

「俺はしばらくそこいらを動哨して、定時になったら第五直と交代する。それで万事、めでたしめでたしだろう」

「うまくいきますかね」

「うまくいくさ」

よし、と声を上げ、二人の不寝番はたがいの体を支え合うようにして立ち上がった。

「天の河を初めて見ました」

片山も東京の生まれなのだろうか。下町育ちの仙波が天の河を初めて見たのは、やはり演習場だった。

北支の夜空にも天の河が渡っていた。満洲の冬の星空は、もっとみごとだろうと思う。

もしや悪い戦をしたか。だから片山は、俺を不憫《ふびん》に思って泣いたのではないか、と仙波は思った。

だが、コーヒーを勝手に売る機械が発明され、こんなにもたくましい兵隊がいるのだから、さほど悪い戦ではなかったのだろう。

勝ち敗《ま》けはさておき、そうした未来のためになるのなら、おのれひとりの生き死になど、どうでもいいような気がした。

「申し送りをしましょう」

「さっき済ましたじゃないか」

「何となく、元に戻れるような――」

「おい。軍隊に、何となく、などという文言はないぞ」

「もとい。申し送りを願います」

星明りの営庭に向き合って、二人は姿勢を正した。

片山兵長は両手の指を伸ばさずに、拳《こぶし》に握っている。時代とともに兵隊の基本動作も変わったのだろうか。

「不寝番第三直、片山士長。異常なく申し送り下番します」

異常なし。そうだ、それでいい。

「不寝番第四直、仙波上等兵。異常なく申し受け上番します」

二人はそれぞれ一歩右に出て、立ち位置を代えた。

回れ右。ふたたび正対して、挙手の敬礼。この動作は同じである。

敬礼を直らずに片山兵長は言った。

「仙波上等兵殿。ご苦労様でした」

「こちらこそ、ありがとう。おかげで元気が出た」

それからまたしばらくの間、二人は不揃いの軍服の肩を並べて、溢れる銀河をあかず眺めた。

金鵄のもとに

であった。

染井《そめい》俊次《しゅんじ》がその兵隊を見かけたのは、凩《こがらし》が曠《あ》れた街路に砂埃《すなぼこり》を巻き上げる夕まぐれであった。

窓ガラスの代用に張った藁筵《わらむしろ》がはためき、ほんの一瞬、街頭に蹲《うずくま》る白い病衣が見えたのだった。とたんに染井は人ごみをかき分け、乗客たちの顰蹙《ひんしゅく》を物ともせずに電車から降りた。

乗車賃を払えと言う車掌を停留場から睨《にら》み上げ、染井は二十銭のかわりに戦闘帽の庇《ひさし》をつまみ上げた。

「新橋《しんばし》から乗ったばかりだ。面倒を言うな」

片頰の肉を骨ごとこそぎ落とされた顔は、こんなときにたいそう便利ではある。褐色に灼《や》けた戦闘帽も開襟の夏用軍衣も、この冬を凌《しの》ぐには心細いが、いかにも南方戦線の生き残りというふうだった。

都電が行ってしまうと、染井はしばらく停留場に佇《たたず》んで、向こう辻《つじ》の枯柳の下に蹲る傷痍《しょうい》軍人を見つめた。

暦はとうに生活から喪《うしな》われているが、どうやら今日は日曜であるらしい。銀座の街路には米兵の姿が目立った。

「やれやれ、世も末だの」

染井のせいで電車に乗りそびれたのであろうか、手拭《てぬぐい》で頬かぶりをした老人がかたわらで呟《つぶや》いた。

「何でもこの冬にァ、一千万人が飢え死ぬらしい。俺のような年寄りが生き延びられるはずはねえやな」

「戦に負けたんだから仕方あるまい」

染井は邪慳《じやけん》に言った。この冬に一千万人の餓死者が出るという噂《うわさ》は、少なくとも つい四ヵ月ばかり前の、「神風が吹く」という噂よりは信じられる。

乾いた北風が銀座通りを突き抜けて、染井は老人の小さな体を砂埃からかばった。

「世も末だてえのは、お前さんのことじゃあねえよ。あの兵隊のこった」

染井の袖を引いて、老人は街路に蹲る白衣の傷痍軍人を指さした。

「ああ。実は俺もあの野郎が気に障って、電車から降りちまったんだ」

「張り倒そうてえのかい」

「いや、それも大人げない」

「世も末だの」

「まったくだ」

「お国のためにあんな姿になっちまったのは、たしかに気の毒だがの。したっけ米兵からお情をちょうだいしようてえ性根は気に入らねえ」

傷痍軍人は戦に勝ってこその英雄なのだと染井は思った。

往来にひたすら頭を下げ続ける兵隊に、情をかける日本人はいなかった。気の毒に思いこそすれ、誰も他者に施しを与える余裕はないのだ。しかし、米兵が彼を無視することはなかった。セーラー服を着た水兵も、ＧＩキャップを斜《しや》に冠《かむ》った若い米兵も、みな何がしかの金を、兵隊の指先に置かれた飯盒《はんごう》に投げ入れていた。

「帝国軍人のなれの果てってわけだねえ」

「それをいうなら、俺だって帝国軍人とやらのなれの果てだ」

胸糞《むなくそ》が悪くなった。進駐軍のＰＸは四丁目の服部《はっとり》時計店と、そこから一丁北の松屋デパートにある。つまり傷痍軍人はその間を往還する米兵を、はなから目当てにしているにちがいなかった。

「お前さん、いい体をしているが、どこでご苦労なすった」

「どこでもよかろう」

奥歯に砂が障って、染井は街灯を映す電車の軌道に唾を吐いた。親しげに語りかけてくる老人の目論見《もくろみ》が、ようやくわかったのだった。

「一千万人がのたれ死ぬてえのに、こんな年寄りが冬を越せるはずはねえやな」

老人の掌《て》になけなしの五円を握らせたとき、染井はついさきほど新橋の闇市で食った鰯《いわし》の顔を思い出した。二尾で五円の塩焼は、残った片頰まで落ちるかと思うほど旨《うま》かった。

老人を突き放して、染井は通りを渡った。筵の上に土下座したまま動かぬ兵隊の姿が近付いてきた。

物乞いをする傷痍軍人を見たのは初めてである。復員兵の大方は内地で武装解除された兵隊たちで、激戦地から帰還した者はほとんどいないはずだった。ならばその兵隊は何者だという疑念が、とっさに頭をかすめて、染井は電車から飛び降りたのだ。

何日か前に数寄屋橋《すきやばし》のたもとで、生業資金を募る衛戍《えいじゆ》病院の病兵たちを見かけた。むろんそれは正当な募金活動である。戦場で傷ついた兵隊たちはみな堂々と背筋を伸ばし、メガホンを握って往来を行く人々に訴えかけていた。なけなしの金を据えられた木箱に入れ、労《ねぎら》いの言葉をかける通行人も多かった。

それですら染井は、不快な気分になったものだ。たとえ手足を奪われたにせよ、内地送還になって衛戍病院に養われているのだから、不幸などころか果報なやつらだと思った。染井が這《は》い出してきた戦場では、万に一つも考えられないことだった。

通りを渡り切ると、染井は足元から吹き上がる地下鉄の温気《うんき》に冷えた体を焙《あぶ》りながら、しばらく目の前の傷痍軍人を見つめた。見るほどに怒りがこみ上げてきた。

こいつは生き恥を晒《さら》している。今さら戦で死ぬことが誉れだなどとは思わないが、生き残った果報を看板にして、あまつさえかつての敵から施しを受けるこいつは、人間の屑《くず》だ。

松葉杖《まつばづえ》をこれ見よがしに膝元に引き寄せ、兵隊は身じろぎもせずに頭を下げ続けている。飯盒の中に硬貨を投げ入れ、米兵が屈《かが》みこんで何やら語りかけても、感謝の言葉ひとつ返すわけではなかった。まるで砂埃の中に置き去られた木偶《でく》のようだった。

染井は兵隊に歩み寄ると、軍靴の爪先で飯盒を押した。それでも男は、まるで動かずにいることが命令であるかのようにじっとしていた。

「おい」

病衣の襟を吊《つ》るし上げたい衝動に耐えながら、染井は声をかけた。

「商売をするのは勝手だが、この看板は下ろせ」

まるで聞こえぬふうである。染井は路上に差し延べられた指を軽く踏んだ。

「耳までないとは言わせんぞ」

飯盒の脇には、軍歴を書いた小さな木札が置かれていた。要するに、お国のためにこういう体になったという来歴である。

染井は屈みこんで、兵隊の耳にきつく囁《ささや》きかけた。

「南方派遣独立混成第三十八旅団麾下《きか》『月七三八六』部隊か。おい、兵隊。お前さん何様だか知らんが、その『月七三八六』の編成地はどこだ。言ってみろ」

兵隊は答えなかった。答えられぬかわりに、白衣の肩がわずかにしぼんだ。

「忘れたのなら教えてやる。『月七三八六』部隊はな、姫路《ひめじ》の歩兵八十一聯隊《れんたい》の通称号だ。看板を下げるつもりがないのなら、もっともらしく書き足しておけ。十三年七月に動員下令、蘇州《そしゅう》、徐州《じょしゅう》、宜昌《ぎしょう》、魯南《ろなん》と転戦して、南方に持っていかれたのは十八年の秋だ。おととしの話が何十年も昔のような気がするがな」

兵隊は路上に差し延べた手を拳《こぶし》に握った。戦闘帽を冠った頭を上げようとはしない。上げられるはずはないと染井は思った。

「その八十一聯隊の、第二大隊にいらしたってわけだな、お前さんは」

うなじを垂れたまま、兵隊はかろうじて肯《うなず》いた。耳元にいっそう口を近付けて、染井は声を絞った。

「だがあいにく、その第二大隊はブーゲンビル島で玉砕した。生き残りは俺ひとりさ。もうひとりいたというのなら、いったい誰なのか顔が拝みてえもんだ」

兵隊は震える拳を解くと、許しを請うように合掌した。染井は俯《うつむ》く顎の先をつまんで引き上げた。

「こんな面は知らん。九百人の員数《いんずう》の中には知らん顔もいたろうが、俺は編成完結から七年も第二大隊を動かなかった古株だ。お前さんは見覚えがあろう。もっとも、こんな顔になっちまったんじゃ、見分けもつかんか」

染井は肉の欠けた片頬を、ぐいと男の顔に寄せた。

「お名前は」と、兵隊は嘘《うそ》を絞るように呟いた。

「六中隊の染井軍曹だ。知らんか」

「自分は、補充兵でありましたので」

「地獄のブーゲンビルに、どこから補充兵がくる」

「ラバウルから」

「いいかげんにせい」

兵隊は観念したらしい。不自由な身を片手で横座りに支え、黙りこくってしまった。

あたりが暗むほどに、街灯が凩に騒ぐ柳の葉影を白い病衣の肩に落とした。まるで蠢《うごめ》く無数の蛇のように、縞紋様《しまもよう》の影が男の体を縛《いまし》めた。

不様な土下座が、実は男にとって楽な姿勢であることを染井は知った。片足を喪った体で背筋を伸ばそうとすれば、片手を地について支えなければならないのだった。

「こいつは書き直しますから、きょうのところは勘弁して下さい」

か細い声を震わせて、男は許しを請うた。

闇市で買った再生タバコに火をつけ、染井は少し考えた。男の嘘を責める権利があるのは、世界中で自分ひとりなのだが、だからこそ尚《なお》のこと、その権利を行使するのは大人げないような気もした。むしろ全滅した部隊の兵を名乗るのは、物乞いの知恵であろう。自分が嘘に憤った以上に、男は驚いたにちがいなかった。

そう考えれば、怒りは萎《な》えた。

「書き直さんでいい。別の筋書きにしたところで、また生き残りに見とがめられたら面倒だろう。俺はもう、お前さんを殴りとばす気力もないが、はんぱな戦をした兵隊はまだ威勢もいい」

喫《の》むか、と染井は細く巻き直した再生タバコを向けた。

「いただきます」

おし戴《いただ》く身のこなしに嘘はなかった。支那《シナ》の戦線で、そうして一本のタバコを分かち合った若い兵の姿を、染井はありありと思い出した。転進したブーゲンビル島にはタバコなどあるはずもなく、部下たちはみな緩慢な死を怖《おそ》れるように、敵の圧倒的な砲弾に立ち向かっていった。

ブーゲンビルでなければどこから復員してきたのかと訊《たず》ねようとして、染井は問うことの愚かしさに唇を嚙《か》んだ。もし見知らぬ人間から顔の傷の来歴を訊《き》かれたら、自分は真実を答えはすまいと思ったからだった。

身を支えきれずに、男は元の土下座の姿勢に戻ってタバコを喫《す》った。まるで九死に一生を得た命を、銀座の路上に吹きこむようなしぐさだった。

雑嚢《ざつのう》の底を探って、染井は残りのタバコを飯盒に投げこんだ。金は一文もなかった。

「迎えの者が来たようですが、どうかかかわり合いにならんで下さい」

男は目だけを上げて呟いた。

「家族か」

「いえ、そうじゃありません」

意味がわからずに、染井は街路を見渡した。すっかり日の昏《く》れた辻にトラックが止まっていた。荷台の幌《ほろ》をはね上げて、緑色の将校マントを着た男が降りてきた。あたりを窺《うかが》い、マントに付いた頭巾を冠って顔を被《おお》うしぐさが怪しい。

「あいつにかかわり合っちゃなりません。行って下さい」

兵隊はもういちど言ったが、立ち去る気にはなれなかった。マントの男はまっすぐに染井を睨みつけながら歩み寄ってきた。

「何だ、てめえは」

立ち上がって胸を合わせると、大柄な染井の肩あたりまでしか丈のない小男である。その言いぐさよりも、腹一杯に飯を食っているにちがいない顔色の良さに、染井は怒りを覚えた。

「南方から復員してきた者だ」

小男は顔を顰《しか》めた。

「そりゃあ、お早いお着きで。マッカーサーの粋なお計らいで、ヒリッピンや南方の兵隊はさっさと引き揚げてこられるらしい」

粋な計らいといえばそうであろう。ラバウルの野戦病院にいた傷病兵は、まっさきにカロリン諸島のメレヨン島に運ばれ、九月末の復員船に乗って内地に帰された。

「店じまいだ。さっさとしねえか」

小男は兵隊を叱咤《しった》した。手を貸そうとする染井の肩を引き戻し、飯盒の中の稼ぎをマントのポケットに押しこんだ。

「きょうはドルが少ねえな。まあ、他人様《ひとさま》のお情に円だドルだと文句もつけられめえ。おあとは、闇のタバコにチューインガムか。しみったれの米兵《へいたい》もいたもんだ」

兵隊は藁筵と能書きを書いた看板を抱え、松葉杖をついて立ち上がった。小男の背ごしに、戦闘帽を脱いで頭を下げた。礼などいいから行け、というふうに染井は顎を振った。

「何だ、知り合いか」

小男が振り返ると、兵隊は逃げるようにトラックへと向かった。幌の中からいくつもの白い袖が差し出されて、兵隊を荷台に引きずり上げた。

「どういうことだ」

染井は気色ばんだ。

「てめえ、あいつの知り合いかよ」

「知らん。ただの行きずりだ」

「だったら関係なかろう。行きずりに用はねえよ」

トラックに戻ろうとする男の腕を摑《つか》んだ。憤りではない怨嗟《えんさ》の声が、染井の唇を震わせた。

「俺はブーゲンビルから復員した。あの男の嘘にとやかく文句は言わん。しかし傷痍軍人の上前をはねるのは、ひどすぎやしないか」

小男は染井の傷ついた顔と風体をしげしげと見つめ、ほう、と感心したような声を上げた。それからトラックに向かって、追い払うようなしぐさで手を振った。トラックは砂埃を蹴立てて、たちまち走り去ってしまった。幌が風に巻き上がった一瞬、荷台に蹲った何人もの白衣の姿が見えた。

たぶん自分は、見てはならないものを見、咎《とが》めてはならないことを咎めたのだろうと染井は思った。復員してから二ヵ月の間、目に触れるものはみな見て見ぬふりをしてきた。生き延びるためには、正義も道徳も口にしてはならなかった。

だがこれだけは、黙って看過《みすご》すことができなかった。

「いかに行きずりでも、名前も知らねえ野郎に殴り殺されたんじゃあ後生《ごしょう》が悪い」

小男は薄い唇の端を歪《ゆが》めて笑った。

「染井俊次だ。おまえは」

「お染ちゃんか。だったら俺ァ、久松《ひさまつ》ってことにしておこうか」

いちいち人を食った物言いに腹は立つが、男の名前などはどうでもよかった。

染井はあたりに目を配った。たぶんこの男は闇市の顔役で、厄介な復員兵を叩《たた》きのめすだけの子分を連れているのだろうと思った。

「誰もいやしねえよ。俺が車から降りるところを見てたろうが」

久松と名乗った男は、将校マントのポケットを探ってドル札の中から円を選《よ》り出し、染井の軍衣の胸に押しこんだ。穢《けが》れた金にはちがいないが、あえて拒むだけの正義も道徳も、染井は持たなかった。戦を生き延びたあとの思いもよらぬこの戦場を、もういちど生き延びることが唯一の正義であり道徳なのだと、染井は考え始めていた。

「すまんな。ゆすりたかりの類いじゃないんだが」

「お堅いことは言いなさんな。相身たがいってやつだ。ともかく食わねえことにァ生きられねえ」

焼跡では持て余し気味の大きな体が、空気の抜けるようにしぼんでいくような気がした。何日かを食い凌げるだろう金は、正当な怒りをたちまち吹きさましてしまった。

「こうして会ったのも何かのご縁だ。一杯やってくかい」

ふと、傷痍軍人の声が甦《よみがえ》った。「どうかかかわり合いにならんで下さい」と言ったのは、悶着《もんちゃく》を起こすなというだけの意味なのだろうか。

久松というこの男が「かかわり合ってはいけない人物」というような気がして、染井は踵《きびす》を返した。

「おいおい、お染ちゃんよォ。つれねえことは言いなさんな。くれてやった銭で飲もうなんて気はねえよ。それはそれとして、明日からのことでも語り合おうじゃねえか」

明日からのこと、という台詞《せりふ》に、染井は心を動かされた。復員してこのかた、いや軍隊を志願してから八年の間、明日という日を考えたためしがなかった。

「なあ、染井さんよ。お前さん、もともとそんな朴念仁《ぼくねんじん》なんか。それともまだ戦地ボケで、てめえがどこの誰で、いま何をしてるかもわかってねえんか」

正体不明の酒をおそるおそる啜《すす》りながら、「戦地ボケ」という露骨な言葉に染井は顔をしかめた。

有楽町《ゆうらくちょう》の屋台で、久松と肩を並べて飲んだ。上等な羅紗地《ラシャじ》の将校マントは陸軍の退蔵物資なのだろうか、アーク灯の光を浴びると、おろしたてのような眩《まばゆ》さだった。酒を飲み始めてからも、久松は顔を被う頭巾をはずさなかった。

そのマントの鮮やかな緑色が、染井を憂鬱な気分にさせていた。ブーゲンビルは緑色の地獄だった。

「おまえはお尋ね者か。頭巾ぐらいとったらどうだ」

「なに、寒《さぶ》いだけさ。頭巾を脱いだとたんに耳が凍っちまう」

「まだ十一月だ。大げさなことを言うな」

「そういうおめえだって、この空ッ風の中を七分袖の軍服でよ、よく寒くねえもんだ」

気温はいったい何度ほどなのだろう。熱帯の気候に慣れてしまった体は、寒さを痛みと感ずるだけだった。街なかの人々も夏以来の着のみ着のままが多いから、自分の身なりを不自然にも思わない。

「ところでおめえ、国はどこなんだい」

「兵庫の山の中だ」

久松は茹蛸《うでだこ》の足をかじったまま、チッと舌打ちをした。

「どうして国に帰らねえんだ。百姓なら食うに困るめえ」

「復員船が横浜に着いた。帰るのが億劫《おっくう》でな」

億劫という言葉は便利だが、嘘である。横浜の焼野原に立ったとたん、国に帰る気はなくなった。

「親は」

「おふくろは早死にして、おやじは俺が徐州にいるころに死んだらしい」

「なるほど」と少し考えてから、久松は獣のような声で笑った。

「おめえも死んだことになっちまってるんじゃねえのか。なるほど、幽霊にとっちゃ敷居は高《たけ》えや」

たぶんそうだろうと思う。ブーゲンビルに転進したあと、タロキナの飛行場の争奪戦で大隊は全滅した。密林をさまよっていた生き残りは、作戦の主力であった第六師団の兵ばかりで、終戦の呼びかけに応じて武装解除されたときも、姫路聯隊の兵はひとりも見かけなかった。大隊の玉砕はラバウルに集結してから聞いた。

いかにソロモンの孤島でも、戦闘経過ぐらいは内地にもたらされているだろうから、郷里に自分の戦死が伝えられていることにまちがいはなかった。

「なあるほどなあ」と、久松は口癖のように言った。頭のいい男であるらしい。肚《はら》の中をすべて見透されているような気がして、染井は頭巾にくるまれた横顔を窺った。

猫の額のような田畑《でんぱた》にしがみついて暮らしている兄の一家が、自分の生還を手放しで歓《よろこ》ぶとは思えなかった。もとを正せば軍隊を志願したのも、小作の口べらしである。

「てことは、現役のバリバリか」

「なぜわかる」

「そのごたいそうな体を見りゃわかるさ。赤紙一枚でしょっぴかれた兵隊とは物がちがわあ。さぞかし鬼軍曹でならしたことだろうぜ」

「鬼が仏になった」

「ハハッ、そいつァいい。ひでえ負け方をしたもんだが、職業軍人の軍曹殿なら、お国から何がしかの銭も出るべい。死んだことにしておくってのも、孝行のうちかもしれねえな」

染井が横浜の焼け跡で考えたままを、久松はそっくり代弁した。郷里に帰ろうとせずにこうして日々を凌いでいるのは、久松の言った「戦地ボケ」ではないということになる。染井の気持ちはいくらか楽になった。

「あの傷痍軍人の軍歴についてだが――」

と、染井は気にかかってならないことを口にした。

「あの能書きは誰が書いたんだ」

しばらくためらってから、久松は答えた。

「俺だ。おつむがいいだろう。全滅した部隊を騙《かた》るのなら、文句をつけるやつはいねえ」

染井は混乱した頭の中を整理しなければならなかった。軍歴を読んだときは怒りが先に立って、兵隊が玉砕部隊の生き残りを正確に騙るという謎にまで、頭が回らなかったのだ。

どうしても得心できぬ謎がふたつあった。

ひとつは、なぜ南方派遣独立混成第三十八旅団麾下「月七三八六」部隊の第二大隊なのかである。嘘にしては正確すぎる。

生き残りの目を怖れて玉砕部隊の名を騙るのであれば、名高い硫黄島《いおうとう》守備隊やアッツ島守備隊を名乗ったほうが、人の情は受けやすかろう。それがなぜあえて、国民のほとんどが知らぬ南方の玉砕部隊なのか、合点がいかぬ。

謎はもうひとつある。

片足を戦地で喪った傷痍軍人ならば、べつだん軍歴を騙る必要はあるまい。ありのままの事実を看板にすれば、かつての戦友に出くわしたところでどうということはない。つまりあの兵隊は、おのれの戦歴を隠したうえに、意味のない筋書きを騙っているのである。

生きんがための嘘は仕方がないと思う。しかし理由なき嘘の正確さが、染井には気味悪くてならなかった。

思い悩むうちに苛立《いらだ》ちを覚えて、染井は久松のマントの頭巾を、鷲摑《わしづか》みに引きおろした。血色のよい、姑息《こそく》な顔が剝《む》き出しになった。

「なにしやがる。酒をこぼしちまったじゃねえか」

けっして言うまいと思っていたことを、染井は毒でも吐くように口にした。

「俺はブーゲンビルにいたんだ。たしかにおまえの書いた通り、第二大隊は全滅した。生き残りは俺ひとりだ」

久松はコップを叩き置くと、驚くよりも怒りをあらわにして向き直った。

「そんなはずはねえ。野郎、難癖つける気か」

「どこで調べたかは知らんが、本人が言うのだからまちがいはなかろう。おまえこそ、そんなはずはないなどと、なぜ言える」

脅すつもりはなかった。あんぐりと口をあけたまま染井の顔に見入る久松の肩を宥《なだ》めて、酒を勧めた。

「もしおめえの言うことが本当だとすると、こいつは奇跡だぜ。いるはずのねえ生き残りの兵隊が、こともあろうに俺の看板を見ちまったってわけか」

あのとき、なぜとっさに電車から飛び降りたのだろうと染井は思った。街角の傷痍軍人が気に障ったというだけでは、そこまでする理由にはなるまい。むろん軍歴を書いた看板など、都電の窓から見えはしなかった。

もしや——きつく目をとざして、染井は酒を呷《あお》った。

もしや支那戦線から苦楽を共にした九百人の戦友があの男の後ろに犇《ひし》めいて、こいつの嘘をあばけと自分を呼んだのかも知れぬ。

「偶然ってことで、了簡《りようけん》しろ」

開き直るように久松は言った。染井に難癖をつける意志はないのだから、その偶然すらも何ら意味のあることではなかった。死に絶えたはずの兵隊のひとりが生きていて、死に絶えたゆえの嘘にたまたま気付いた。それだけの話だった。

「その傷はどうしたんだい」

「酒の肴《さかな》にするつもりか」

「蛸よりァ味があろう」

染井はとつとつと、片頬をえぐった傷の由緒を語った。

第二大隊の夜間総攻撃は、敵の戦車と機関銃の集中砲火を浴びた。生き残った兵がたがいに呼び合いながら退路を探った。右往左往するうちに、迫撃砲弾が襲いかかってきた。戦車に包囲されたまま、大隊は飛行場から撃ちこまれる正確な迫撃砲で殲滅《せんめつ》された。

ジャングルに遁《のが》れた染井は方向を見失い、ブーゲンビルの深い緑の中をあてどもなくさまよう遊兵となった。タロキナ作戦は十九年の三月であったから、そののち一年半を密林の中で生き延びたことになる。

「ジャングルの中で出くわして怖いものは、味方の兵だった」

口を滑らせた一言を、久松は問い質《ただ》そうとはしなかった。

生きるために必要なものは肉だった。だから友軍の兵に行き合うと、言葉をかわすでもなく名乗るでもなく、たがいに銃を構えて遠ざかった。

頰の傷は銃創ではなく、多くの兵たちが苦しめられた熱帯性潰瘍である。傷に湧く蛆《うじ》さえも貴重な食料だった。

終戦の呼びかけに応じて密林からよろぼい出たあと、米軍の野戦病院で頰をえぐり取られた。

「明日からのことを、考えたいんだが」

あらましを語りおえたあとで、染井はまるで愛の告白でもするように、恥じながら言った。

兵隊はこの男とかかわり合うなと言ったが、久松がどれほど素性の悪い人間でも怖くはなかった。食い物を求めて焼跡をさまよう自分は、ブーゲンビルの密林にいたころとどこも変わりがないような気がした。ここがいったいどこで、自分がいったい誰なのかもよくはわからなかった。

「おめえ、このさき生きるつもりはあるんか」

ある、と染井ははっきり答えた。

「そうだな。たったひとりの生き残りが、命を棒に振っちゃならねえ。たいそうなことを考えちゃならねえよ。ともかくこのさき生き残ることがたいそうなんだから」

饐《す》えた凩が足元から吹き上がってきた。この祖国の風を痛いと思わずに、寒いと素直に感じるまでには、まだ当分の時間がかかるのだろう。

明日という日について語り始めた久松が、その話の是非はともあれ、染井には戦場に姿を顕《あらわ》した神に見えた。

トタン板の天蓋を軍靴で蹴り上げると、防空壕《ぼうくうごう》の上に鈍色《にびいろ》の空が豁《ひら》ける。

南洋にはありえぬ、この低く重い空が染井は好きだった。同じような防空壕の住人の話によれば、ここは東京の深川《ふかがわ》とかいう下町であるらしい。しかし草木ひとつない見渡すかぎりの瓦礫《がれき》の山なのだから、町の名など何の意味もあるまい。

軍隊毛布にくるまってしばらく空を見上げ、それから壕の中を埋めつくした古新聞を読むのが朝のならわしである。染井の家財は横浜に上陸したときに支給された軍隊毛布と、古新聞の山だけだった。

新聞紙を軍衣の胸や腹に入れるのは、寒さを凌ぐ兵隊の知恵である。ならば壕の中を新聞で埋めれば暖かいだろうと拾い集めたのだが、存外の効果があった。

そんな暮らしを始めてから、古新聞のもうひとつの値打ちに気付いた。なるたけ古い日付のものを探して読む。すると自分の与《あずか》り知らぬ戦時中の世間がわかった。

敗戦のまぎわまで赫々《かっかく》たる戦果を報ずる記事の真偽はともかく、新聞は世間を俯瞰《ふかん》している。少なくともおおよその戦争の有様を知ることはできた。

新聞を通して内地の国民は戦の概要を知っていたのに、その戦をしていた外地の兵隊は何も知らなかった。

古い日付の紙面に、南方戦線の略図を発見したときは驚いた。ソロモン諸島というのは、赤道をはるかに越えたニューギニアの先のビスマルク諸島の、そのまた先にあった。ブーゲンビルが作戦上どのような意味を持つ島であったかは知らない。しかし新聞の略図で見ても「南溟《なんめい》」を感じさせる、その遥《はる》かな、ちっぽけな島を、日本とアメリカは奪い合ったのだった。投入された兵の多くが敵弾に倒れ、あるいは飢餓と熱病で死んだ。

自分がどこで何をしてきたのかというあらましがわかったとたん、今かくある自分がかえってわからなくなった。生還したのではなく、とうに死んでいる自分の魂が、焦土をさまよっているような気分になった。

古新聞を読み飽いてぼんやりと風の鳴る空を眺めていると、見知った髯面《ひげづら》が壕を覗《のぞ》きこんだ。

「染ちゃん、仕事だぜ」

関《せき》という名前が本名なのか偽名なのか、あるいは関口とか関根とかいう名の通称なのかは知らない。むろん知る必要もない。

わかっていることは、九十九里浜《くじゅうくりはま》に展開していた本土決戦用の「磔《はりつけ》師団」から復員した老兵で、このあたりに住んでいた家族は空襲で皆殺しになった、という身の上だけである。稼業は大工だそうだ。

「きょうはその気にならん。ゆうべ稼ぎがあったもんでな」

壕の底に寝転んだまま、染井はすげなく答えた。

「稼ぎだと？」

「ああ。甲府まで伸《の》して、芋を運んできた」

「なんだ、担ぎ屋か」

「なんだはなかろう。バラック詐欺よりよほど堅気の仕事だ」

ちかごろ意味のない嘘をつくことが習い性になっている。傷痍軍人の兵歴に難癖をつけて、顔役から銭をせしめたとでも言えばよさそうなものだが、関と余分な会話をかわしたくはなかった。説明をしなくてすむ分だけ、担ぎ屋のほうが堅気という気がした。

「まあ、そうつれねえこたァ言うな。うまくことが運べァ、分け前は百円くれてやる。担ぎ屋の日当だって、せいぜい二十か三十だろう」

「うまくことが運べば、の話だろう。あんたの仕事はうまくいって千に三つだ」

「きょうの客はまちげえねえ。たいそうなお大尽だ」

染井はのそりと身を起こした。胸の高さの防空壕から這い上がり、トタンで蓋をする。

関の曳《ひ》いてきた荷車には、真新しい材木が積まれていた。

「これでバラック一軒分か」

「なに、土台を置いて床だけこしらえりゃいい。これで十分だ」

手に職があるのなら、まともな家を建てればよさそうなものだが、関はまるで堅気に生きることが罪であるかのように、悪い仕事に手を染めていた。

「どこまで行く」

「本郷《ほんごう》さ。焼け出された一家が防空壕に住んでやがる。ちょいと声をかけたら乗ってきァがった。おい、染ちゃん、ちったァ車の尻《けつ》を押せ。こちとら年寄りなんだぜ」

齢《とし》は四十かそこいらであろうが、年寄りといえば関はそうも見える。

小ざっぱりとした国民服にゲートルを巻き、「昭和建築復興協会」なる腕章を嵌《は》めた出《い》で立《た》ちは、いかにも公人を臭わせる。この身なりで怪しげな名刺を差し出し、相身たがいの善良な笑顔を向けて、関はこんなことを言うのだ。

（六坪で六千円てえ、東京都の斡旋《あっせん》するバラックはね、いつまで待ったたって順番なんざ回ってきやしません。少々お高くつくが、一万円ばかしご用意下さりゃあ、八坪のしっかりした家を建ててさしあげます。ただし材木は闇で手配しますんでね、土台と床だけこしらえましたところで、全額いただかねえとお後が続きません。なになに、闇といったって復興が遅れているのはお国の責任なんだから、むろん役所は承知の上でさあ。まあったく、おたがい何の因果でこんなことに——）

と、ごく自然に自分の身の上話を続ける。四十を過ぎてから本土決戦の礫部隊にしょっぴかれて、その留守中の三月十日の大空襲で家族は皆殺し、幸い手に職があるもんで、こうして復興のお役にたっている——。

染井が関の境遇を知っているのは、何度もその口上を聞かされているからである。むろんその正体は、床だけ張って一万円をかすめとる詐欺なのだが、泣き泣き語る関の身の上が嘘だとは思えなかった。

染井は力をこめて荷車を押した。梶棒《かじぼう》から荒縄をかけて、関も唸《うな》りながら荷を曳いた。痩《や》せた鶴首を見ていると、こいつはいっそ九十九里の海岸に磔になったまま、アメリカの艦砲射撃で粉々にされたほうがましだったのではなかろうかと思う。

「相方は俺じゃなくてもよかろう」

「染ちゃんは体がいいからな。体のいいやつは信用されるんだ」

たしかに染井の屈強な体を人は羨む。口には出さなくとも、しばしば視線を感じる。だがこの灼《あらたか》な肉の来歴は、誰も知るまい。

「外地にいたのかい」

「ああ。中支にいた」

「支那の兵隊は勝ち戦続きで終戦だってなあ。さぞかし無念だったろう」

廃墟《はいきょ》の中に、ブーゲンビルの密林の緑が拡《ひろ》がった。

その人間に出会ったのは、タロキナの飛行場からジャングルに逃げこんだ何日か後だったと思う。鹿児島聯隊の若い将校に率いられた染井たち残兵は、すっかり方向を見失っていた。蔓《つる》の生い茂る窪地《くぼち》で、煮炊きをする一人の兵に出会った。その兵が何を食おうとしていたのか、染井はひとめでわかった。

将校に詰問されて、兵は答えた。

(これは野豚の肉であります)

かたわらの茂みから、俯《うつぶ》せに倒れた兵隊の足が見えていた。将校は拳銃を抜いて兵に迫った。

(軍命令により、人倫に悖《もと》る行為を処断する。命令は知っていたな)

はい、と兵は神妙に答えた。

人倫に悖る行為は即刻処断すべしという軍命令が、具体的にどういう意味であったのか、染井はそのとき初めて知ったのだった。支那戦線でのその種の命令は、無抵抗の現地住民をみだりに殺傷するなとか、婦女子を犯すなという意味だったが、ブーゲンビルではまったくちがっていた。つまり、飢えても人の肉は食うなということだ。

兵はことさら抗《あらが》おうとはせず、きちんと正座をして将校のかざす銃口に背を向けた。密林の木洩れ陽《こもびる》が痩せこけた軍衣の背に、縛めるような縞紋様を描いていた。いかにも土壇場に臨む罪人のようだった。

（所属階級氏名は）

（勘弁してほしくあります）

（戦死と報告するぞ）

兵隊は少しためらってから名乗った。熊本聯隊の二等兵だった。

よし、と将校は言った。引金を絞りかけてためらい、きつく目をつむってから将校はもういちど訊ねた。

（言いおくことはあるか）

（戦友が、日本に連れ帰ってくれと言ったのであります。貴様の腹におさめて、熊本に帰ってくれと――）

言い終わらぬうちに将校は引金を引いた。処刑執行者が死体を密林に引き入れ、煮えたぎる飯盒の中味をぶちまけるさまを、周囲の兵たちは誰も手を貸さずに見つめていた。殺された兵よりも、食われた兵よりも、染井はなぜか孤独な作業を続ける若い将校に同情した。

（戦死だ。こいつら二人とも、戦死だ。いいな）

立ちすくむ兵たちを見渡して、将校は吐き棄《す》てるように言った。

「それによ、染ちゃんは見るからに歴戦の下士官てえ感じでよ。お客が何となく安心するんだ。この人なら万にひとつもまちげえはなかろうって。俺ひとりじゃ、そうはいかねえ。何せこの貧相な面だからよ」

荷車を曳きながら、関は細い首を振り向けて笑った。前歯の欠け落ちた顔は、たしかに安心とはほど遠かった。

ブーゲンビルの残兵たちが、あれからちりぢりになってしまったのは、はぐれたわけではなかった。自由にならなければ飢え死ぬと、それぞれが考えたからだった。

初めて肉を食ったとき、これは野豚の肉だと自分に言いきかせた。その嘘もお題目になってしまってからは、あの熊本の兵の言ったことを思い出した。

こいつは俺の腹におさめて、日本に連れ帰るのだ。俺の肉になって、一緒に帰るのだ――。


焼跡に母と娘らしい女が畑を養っていた。

立派な石の門柱と、空地を繞《めぐ》る焦げた大樹が、かつての豊かな暮らしぶりを偲《しの》ばせた。

「女所帯なのか」

「亭主は海軍大佐だったとよ。蓄えもあるし、親類に預けておいた着物を売れァ、一万円はできるそうだ。おとついの話だから、銭が揃《そろ》っているかどうかはわからねえけどよ」

「揃ってなかったらどうする」

「のちほどってわけにもいくめえ。あるったけいただいて手じまいにするしかねえな」

亭主に死なれ、屋敷を焼かれた女所帯を欺《だま》すのは気がすすまない。せめて着物が売れていなければいいと染井は思った。

「今度ばかりはまちげえがねえ。染ちゃんにもずいぶんと無駄足を踏ませちまったがよ、きょうこそは残念でしたの雑炊だけじゃあねえぞ」

「一万くすねて百円か。考えてみれば割に合わんな」

「多少の色は付けるぜ。第一、おめえが何をしたってんだ。荷車押して、材木かついで、あとはボーッとその下士官ヅラをさらしてるだけじゃねえか。それに、万々が一パクられたって、おめえは何も知らねえ人足だとしらばっくれりゃいい。こちとらそうはいかねえんだ」

床を張るだけの材木代も、闇値では相当のものだろう。捨て身の危険を考えれば、関の言い分はもっともだと思う。

「お待たせしましたァ、はあい御殿のご到着でござんすよ。見たってくんない、きょうびどこにもねえまっさらの松板でござんす」

陽気な大工の声を張り上げて、関は焼け残った門柱をくぐった。

「関さんよ」

荷車を引き戻して染井は囁いた。

「人がいるぞ。用心しろ」

欅《けやき》の幹から、帽子が覗いたような気がした。

「いらぬ着物を買わされた親類じゃねえのか。四の五の言うんなら、もう一芝居打ってやる。ほれ、こうしてちゃんと床も張るんだ」

「警察かも知れんぞ」

「だったら何だってえんだ。一万できちんと家を建てりゃ文句はあるめえ。こちとらそれだって商売なんだぜ」

畑に佇む女たちの愛想のなさが、悪い予兆を感じさせた。

ふと、申し合わせたように女たちが逃げ出した。入れかわりに私服刑事らしい男と何人もの巡査が、木立ちから駆け出してきた。

染井は走った。関をかばう理由は何もなかった。来た道を一目散に駆け戻って、入り組んだ本郷の路地に逃げこみ、見通しのきく焼跡に出ぬようにして、辻から辻へと走った。

駆足は歩兵の本領だが、思えばずいぶん長い間走ることを忘れていた。

意外なことに、逃げ出したとき制止の声を上げたきり、巡査は追ってくる気配がなかった。必死で逃げる者をまた必死に追うほど、巡査も物を食ってはいないのだろうと思った。

坂道を駆け下りて電車通りに出ると、つごうよくやってきた都電のデッキに飛び乗った。

「無茶しなさんな」

と、老いた車掌が叱った。当たり前の言葉が陳腐に聞こえた。戦に出てから今日までの無茶を、車掌がすべて知っているような気がしたのだった。無茶ではない戦などなく、その無茶はずっと、走る電車に飛び乗るまで続いている。たぶんこのさきも、生きんがための無茶は続く。

「この電車はどこへ行くんだ」

車掌は怪訝《けげん》そうに染井を見つめた。

「あんたはどこへ行くんだね」

行くあてはなかった。ブーゲンビルの密林に迷いこんでから、一日を食い凌ぐほかに目的は喪われていた。行くあてとは、明日という確実な未来のことだった。だから染井には、横浜の地を踏んだときも、銀座の焼跡に立ったときも、行くあてがなかったのだった。

しいて行先を口にするなら――染井は訝《いぶか》しむ車掌から目をそむけて、行先を告げた。

「銀座の松屋まで行きたいのだが」

「松屋デパートは進駐軍に接収されているがね」

「いや、その角で人と待ち合わせている」

「だったら本郷三丁目で乗り換えて、京橋《きょうばし》行の電車にお乗んなさい」

車掌の目から怪しむいろが薄れると、染井は割れ窓に向き直って、頬の傷を隠した。

「外地から復員されたのかね」

自分の顔のどこに、外地からの復員兵と書かれているのだろう。闇市でもしばしば同じことを訊かれる。いつものように染井は答えた。

「中支に行っていた。顔の半分は匪賊《ひぞく》にくれてやった」

「そうかね。ご苦労なすったな」

討伐には何度も出て、匪賊の顔ならいくらも知っている。しかしブーゲンビルで敵兵の顔を初めて見たのは、両手を挙げてよろぼい出たタロキナの海岸だった。すでに銃もなく靴さえなく、身につけていたものは軍袴《ぐんこ》の腰にくくりつけた、銃剣と飯盒だけだった。

手を挙げたまま、食い物をくれと米兵にせがんだ。投降すれば殺されるものと覚悟していたのだから、冥土のみやげに食わせてくれるかもしれぬ一切れのパンと、命とを引きかえたようなものだった。

米兵はすぐに水筒の水を飲ませてくれたが、食物を与えようとはしなかった。まず水をたらふく飲ませ、それから薄く延ばした粉ミルクを与え、日も昏れかかるころ魚雷艇に乗りこんでから初めて、オートミールの缶詰を半分だけ食わせてくれた。

後で聞いた話だが、飢えた人間にいきなり物を食わせると、大方はそのとたんに死んでしまうのだそうだ。

人なつこい米兵は缶詰を貪《むさぼ》り食う染井の体をふしぎそうに眺めて、たぶんこう言ったのだと思う。

おまえはいい体をしている。いったいジャングルの中で、何を食っていたんだ、と。

さあて――酒も回ったことだし、おめえさんのいう明日からの話とやらを、ぼちぼち始めようじゃねえか。

なあ、染井さんよ。おめえが俺の話をマブに聞くのもよし、聞かざるもよし、ただし水にするってえんなら、金輪際、他言は無用だぜ。

人間、生きていくためなら何でもありさ。死ぬのは簡単だが生きるのは難しいって、その理屈は他でもねえおめえさんが、一等よく知ってるだろう。

死ぬ気になって頑張れってか。どうせ一度は死んだ体だっててか。世間のやつらは呑気《のんき》なこと言いやがるよな。その程度の覚悟で生きていけるんなら、死ぬ人間なんていやしねえよ。そうだろ。

本題にへえる前に、おめえがずいぶんと怪しんでる俺の素性を明かしとこう。ま、礼儀ってこともあるが、話のなりゆき上、俺にはおめえの明日について水を向けるだけの資格があるってことをな、まずわかっておいてほしいのさ。

俺は、ブーゲンビルにいた。

おいおい、のっけから嘘だと決めつけることァねえだろう。落ちつけって。さあ、飲め。どうせあの島の話なんてのは、しらふじゃ聞く気にもしゃべる気にもならねえ。

証拠だと？　そんなものあるか。証拠はこのおつむの中の、記憶だけだよ。

久松なんて名前は口から出まかせだが、嘘は苦手なんだ。

ブーゲンビルが太平洋のどこにあるのかも知らねえけど、証拠を出せというんなら、あの島に行った者じゃなけりゃわからねえ話をしてやろう。

島じゅうが膝まで埋まるぬかるみだ。草の上に立っていても、たちまち軍靴のまわりに泥水が湧いて、ズブズブと脚絆《きやはん》の脛《すね》まで沈んでいく。ジャングルには網の目のように蔓が茂っているから、歩くときは足を使うんじゃなくって、手で歩くようなものさ。鉈《なた》や銃剣で蔓を伐開《ばつかい》しながら、体のあとに足を引き抜いて歩くんだ。

あんなところに四万人の兵隊を送りこんで、食料は現地調達しろってんだから、はなっから敵はアメ公じゃねえや。

空腹のうえに、マラリアと熱帯性潰瘍と寄生虫と。敵はてめえの体だった。野戦病院じゃ、まだ生きている兵隊にも蛆が湧いた。薬なんか何ひとつねえから、蛆を取ってやるのが唯一の治療さ。

俺ァその蛆虫を食って生き残ったようなもんだ。あれだってまあ、蛋白質《たんぱくしつ》にァちげえねえんだから。

どうだい、染井さん。これだけ話しゃ、嘘のねえことはわかったろう。

俺は、第六師団の野戦病院にいた。おめえさんみてえなバリバリの現役兵じゃあねえよ。ごらんの通り身長は五尺そこそこで、おまけの第二乙種ってやつさ。それでも召集されて、体の足らねえぶん看護兵に回された。

熊本の第六師団は帝国陸軍最強といわれていた。麾下の三個聯隊が師団司令部とともにブーゲンビルに行った。ラバウルを守るためには、どうしたってブーゲンビルを敵に渡しちゃならなかったんだろうな。三つの聯隊は「明九〇一八」「九〇一九」「九〇二〇」――熊本と都《みやこのじょう》城と鹿児島の兵隊たちだった。

俺の国は鹿児島だ。おやじはいねえけど、おふくろは今でも市内で莨屋《たばこや》をやってる。一番上の兄貴は役所勤めだが、すぐ上の兄貴は硫黄島で死んだ。

第一野戦病院は師団司令部について回った。だからタロキナ作戦の経過も、逐一耳に入ってきたってわけさ。おめえさんの部隊が、まっさきに全滅したってこともな。

医大の委託学生あがりのおしゃべりな軍医がよ、てめえの聞いたことをいちいち看護兵に話すんだ。勝手に腹を立てながらな。

おめえさんが斬りこんだタロキナの飛行場に、どれくらいの敵がいたか知らねえだろう。俺は知ってるぜ。鉄条網が数線に重機関銃を構えたトーチカ群。戦車が二十。火砲約二百に、重砲が四十門だ。司令部は斥候の報告で、ちゃんと知っていたのさ。

軍医は腹を立てながら、しまいにはしょぼんとして言いやがった。飢え死にするよりもましだがな、って。

まったくご苦労なこったぜ。そんな親心で楽に死にに行ったはずのおめえは、死にきれずにその後一年半も密林をさまよったってわけだ。

司令部にも糧秣《りょうまつ》はなかった。これが精鋭第六師団のなれの果てだと思うとな、飛行場に斬りこんで死んだやつらがうらやましかった。

野戦病院での俺たちの仕事は、生きている兵隊の体の蛆虫を拾うことと、死体をなるたけ幕舎から離れたジャングルに捨てに行くことだけだった。こっちも骨と皮ばかりだから、しまいには面倒くさくなって、生きている兵隊も捨てることにした。

軍医の仕事は、潰瘍で腐った手や足を切り落とすことだけだ。麻酔もねえのに、何であんなことをしたのかな。たぶんあいつらは、いくらかでも医者らしいことをしたかったんだろう。

例のおしゃべりな委託学生あがりの軍医は、とうとう頭がおかしくなって、ある晩に褌《ふんどし》一枚でジャングルに駆けこんだまま帰らなかった。

闇の中から、こんな叫び声が聞こえていたな。

「わたくしは、非戦闘員であります。日本赤十字社の医師であります」

誰も連れ戻そうとはしなかったよ。

顔見知りの若い将校が司令部にたどりついたのは、タロキナの戦から何ヵ月もたったころだったと思う。

そいつは鹿児島の師範学校出で、召集される前は小学校の教員だったそうだ。俺の甥《おい》ッ子の恩師だということがわかって、輸送船の中で親しくなったやつだった。

ジャングルから出てきたときは、片方の目を蛆に食い潰されていたんだから、もう長いことはねえさ。だがかかりそめにも中尉殿だし、見知った仲でもあるし、手当は何もできねえが介抱ぐれえはしてやった。

見舞にやってきた参謀に、こんな報告をしていた。

「歩兵十三聯隊第三大隊の小松二等兵、中村二等兵の二名は、敵戦車に肉薄攻撃をし、戦死いたしました。格別のご配慮をお願いします」

部下でもねえ兵隊の殊勲を、なんでそんなふうに報告するのか、俺には合点がいかなかった。第一、格別のご配慮をどうやってすりゃいいんだ。こうなっちまったら、戦闘経過もくそもあるめえ。師団長も参謀も、どのみち死ぬんだ。

参謀は何やら手帳に書きこんではいたが、あれァ死ぬやつへの気休めだな。

ところが、その参謀が帰っちまったあと、中尉は俺の顔を枕元に呼び寄せて妙なことを言い出した。

「今の報告は嘘なんだ。俺は、小松二等兵を処刑した」

「処刑、でありますか」

意味がわからずに、俺は独りごとのような中尉の呟きに耳を寄せた。

「ああ。戦友の肉を食っていたんだ。軍律違反というより、俺は人間として許せなかった。人肉を野豚の肉だと言った嘘も許せなかった」

「ならばなぜ、中尉殿は今しがた嘘の報告をしたのでありますか」

片方のまなこから、ぽろぽろと涙を流して中尉は言った。

「俺も、小松二等兵と同じことをした」

もう誰も、この命は救えねえ。だが俺は看護兵として、同郷の兵として、あるいはふるさとの子らに学問を授けてくれたせめてもの感謝の気持ちを言葉にかえて、この若い教員の魂を救わにゃならなかった。

「中尉殿は、野豚の肉を食ったのであります。おおかたジャングルで、悪い夢でもごらんになったのでしょう」

　慰めにもならなかった。俺の手を探り、思いがけねえくらいの強い力で引き寄せながら、中尉は呻《うめ》くように言った。

「あなたに、お願いがある」

　それは軍人ではない、忘れかけていた教員の声だった。

「僕を、あなたの腹におさめて、国に連れ帰って下さい」

　俺はその晩、まだ息のある中尉を背負って、遠く離れた谷まで捨てに行った。誰にも見つからねえ、煮炊きの煙も目につかねえ深い谷の底で、俺は中尉の願いを聞き届けてやった。

　それからほどなくして、野戦病院は解散した。

「以後は各個に自活し、再起のときを待て。どのような苦境に立たされても、それぞれが皇軍の兵士であるという矜《ほこ》りを忘れるな」

　腹がへっても戦友の肉は食うな、という意味だろうと俺は思った。たぶん、まちがいじゃなかろう。

　なあ染井さん。あんた、子供の時分に教わったことを覚えているか。

　神武《じんむ》東征のとき、金色の鵄《とび》が天皇の弓の先に止まって、長髄彦《ながすねひこ》の軍卒たちの目を眩《くら》ませたとかいう。

皇軍というのは、その金色の鵄の下に集う兵隊たちのことだな。

タロキナの海岸に迷い出て、米兵にとっつかまったとき、ああこいつらが長髄彦の兵隊なんだと俺は思った。たしかに背が高くて、脛《すね》も長かったからな。お笑いだぜ。目が眩むわけがねえや。あいつらは真黒な色眼鏡をかけてやがったんだから。

俺はブーゲンビルの雲ひとつねえ空を見渡して、金色の鵄を探した。当たりめえのことだが、輝くものは南洋のお天道《てんと》さんだけだった。

俺は腐れ肉の詰まった飯盒を腹に抱きしめて、米兵たちに懇願した。

「俺たちを、日本に帰してくれ」と。

なあ、染井さんよ。

俺ァ、いま俺のやっていることが、悪いことだとはどうしても思えねえんだ。

この冬には一千万人が飢えて死ぬんだぜ。飢餓地獄から生きて帰った俺たちが、なぜ日本に戻って死なにゃならねえんだ。ましてや俺もおめえも、てめえひとりの体じゃなかろう。何人もの兵隊を腹におさめて帰ってきた俺たちは、もうお国の勝手で飢え死んじゃならねえんだ。何としてでも生き抜かにゃならねえんだよ。

いつでもいいや。よく考えて肚が決まったなら、日の昏れるころに松屋の角まで来な。難しいことは何ひとつねえ。俺は医者じゃねえが、門前の小僧てえやつで、腕はたしかだ。足がいやなら、手でもいいさ。

進駐軍の横流しのモルヒネもたんとある。

なあ、染ちゃん。そうすりゃおめえさんは、もう金輪際、嘘をつかなくていいんだぜ。

嘘はつかねえ、盗みはしねえ、てめえの体を張って生きていく。それが皇軍の矜りってやつじゃねえのかよ。

ちがうか。ちがうんなら、ちがうって道理を、俺に聞かしてくれ。


「お迎え、遅いですねえ――」

不自由な体をひねり起こして、四丁目の時計台を仰ぎ見ながら、白衣の兵隊は言った。

ハモニカをおろすと、たちまち唇が凍えそうな冬の夜だった。

「クリスマス・イブだから、渋谷《しぶや》も新宿も実入りがいいんだろう。年に一度の稼ぎどきってやつだ。文句は言うな」

できれば足のほうがいいと久松は言ったが、ハモニカを吹くのなら片腕のほうがむしろ哀れをさそう。支那戦線で覚えたハモニカが、今さら食うための役にたつとは思ってもいなかった。

「染井さんのおかげで、この軍歴も嘘じゃなくなりました」

「めったなことを言うな。誰が聞くかもわからんぞ」

染井は藁筵の上に背筋を伸ばして、ことさら哀《かな》しげに軍歌を吹いた。

食い物と乾いた寝床があれば、人間は生きていける。他人を欺す必要もなく、意味のない嘘もつかなくていい。そして何よりも、ブーゲンビルで死んだ戦友を忘れずに、生き続けることができる。

もし彼らが犬死にをしたのではなく、皇軍も聖戦もまぼろしではないと言い張るのならば、生き続ける方法はこれしかないのだと、染井はもういちどおのれに言い聞かせた。

戦陣訓に曰《いわ》く。

万死に一生を得て帰還の大命に浴することあらば、具《つぶさ》に思《おもい》を護国の英霊に致し、言行を慎みて国民の範となり、愈々《いよいよ》奉公の覚悟を固くすべし。

久松は、これが悪いことだとはどうしても思えないと言ったが、物事のよしあしではなく、これは最善にして唯一の方法だと染井は思った。少なくとも軍人の本分を全うする矜りが、他人の情にすがる屈辱より軽かろうはずはない。

「ところで、その勲章は」

「功七級、金鵄《きんし》勲章だ」

「へえ……そいつァすげえ。大したもんだ」

「なに、小道具さ。新橋の闇市で買った」

なんだ、というふうに兵隊は白い息を吐いた。

「まったく、嘘を知らん人だな、染井さんは」

「嘘をつきたくないからここにいる」

「勲章は嘘じゃねえか」

「本物なら里にある」

「ひえっ、ほんとかよ」

「仏壇の供え物だがな」

兵隊は染井の横顔を見つめて、しばらく考えるふうをした。

できればそんなものは後生大事にせず、道具屋にでも売りとばしてくれていればいいと思う。染井の家に、支那戦線の武勇伝など語り継いでほしくはなかった。

「きょうは水炊きを食わしてくれるってよ。闇の鶏肉《とりにく》が入るんだと」

「そうか。楽しみだな」

「アメ公は七面鳥を食うんだぜ、丸焼きにして。あいつら何たってやることが派手だ」

乾いた砂埃を巻き上げて、銀座通りを北風が吹き抜けた。かじかんだ片手に息を吹きかけ、染井はハモニカを構えた。

ふと、日本の冬の寒さを、体が初めて感じたように思った。

何日か前、関東軍が着るような毛付の防寒外套《がいとう》を、久松が持場に届けてくれた。米兵の投げるわずかなドルをいくらかき集めたところで、買えるはずのない代物だった。病衣の上に温かな袖を通したとき、何のために久松はこんなことをしているのだろうと思った。

ＰＸのショウ・ウィンドウにはクリスマス・ツリーが飾られていた。日昏れを待つように、赤や青の豆ランプが瞬き始めた。

「メリー・クリスマス」

ランチコートを着た水兵が、目の高さに屈みこんでドル札を飯盒に入れた。投げ込むふうではなく、いかにも喜捨するようなうやうやしさだった。

水兵と目が合ったとき、染井は胸苦しくなって軍歌を吹くのをやめた。久松の教えによると、傷痍軍人は物乞いではないのだから、感謝の言葉を口に出してはならないのだそうだ。

やり場のない気持ちをこめて、染井はうろ覚えの讃美歌《さんびか》を吹いた。

サイレン、ナイ。ホーリー、ナイ。オーリズ、カーム。オーリズ、ブライ。

ハモニカに合わせて、水兵たちは唄った。両手をついて俯したまま、相棒の兵隊も日本語で唄った。

「スノウ」

水兵の指さす夜空を見上げた。降り落ちるひとひらの雪を認めたとたん、染井はたどたどしいハモニカの音を慄《ふる》わせて泣いた。
雪の降る祖国に、自分は生きて帰ってきたのだと思った。
「染井さん、雪だ」
ハモニカをくわえたまま、染井は強く肯いた。
クリスマス・ツリーの灯がにじむ。
樅《もみ》の木の頂きに輝く星が、雄々しく翼を拡げる鳥の姿に見えた。
見上げる金色の鶏は、けっしてまぼろしではなかった。

無言歌

何ともここちよい夢を見た。

そのここちよさといったら、香田正也《こうだまさや》が生まれてこのかた、夢どころか現《うつつ》にも体験したためしがないほどだった。

熱海の保養所の野天風呂に、のんびりと浸《つか》っていた。

湯煙の立ち昇る温泉街とその先の大海原を一望する山の中腹に、深緑色の伊豆石《いずいし》を敷きつめた岩風呂があり、あたりは紅白の梅が満開だった。

芳香を胸いっぱいに吸いこみながら、フレッド・アステアの口真似《くちまね》でジャズを唄った。友人たちの喝采を浴びたころそのままに、英語の歌詞も淀《よど》みなかった。

調子に乗って踊り始めたが、湯の中では得意のタップも踏めぬし、観客のひとりもいないのでは馬鹿のようなので、そのまま野天風呂から上がった。

内湯は清潔なタイル貼りである。円形の広い浴槽の中心に、ギリシャ彫刻ふうの女神像が佇《たたず》み、いったいどういう仕掛けなのか、肩の上に傾けた大理石の壺《つぼ》から、湯が滝のように流れ落ちていた。ステンドグラスから射《さ》し入る春の光が、湯の面《おもて》を七色に染めていた。

夢であることはわかっていた。熱海の保養所は何度か訪ねているが、景色のよい山の上などではなく、温泉街のただなかだった。むろん湯殿もこんなにたいそうなものではなくて、野天風呂もなかった。

だが嬉《うれ》しいことに、夢の中ではここが保養所なのである。

香田はタップを踏みながら円い浴槽に躍りこみ、大声で唄った。

そのうち、咽《のど》が渇いてたまらなくなった。女神の壺から溢《あふ》れる湯を飲んでも、いっこうに渇きはおさまらぬ。よし、湯上がりにはビールだ、と香田は勇み立った。

脱衣所の竹籠の中に、学生服がきちんと畳まれていた。浴衣は見当たらぬ。

学生時代とはずいぶん体格がちがうから、窮屈なのではないかと思ったが、あんがいのことにぴったりと納まった。

コーヒーとタバコと、中華料理屋の油の匂いと、古本屋の黴臭《かびくさ》さがこびりついていた。神田《かんだ》の街の匂いだった。袖口の綻《ほころ》びは母が繕ってくれたはずだが、ぱっくりと口を開けていた。

入学したとき、角帽の真新しさが気恥ずかしくて細工をした。剃刀《かみそり》でサージの毛足を削り落とし、卵の白身を塗りつけた。

その角帽を冠《かむ》って大鏡の前に立ち、いくらか不良っぽく斜《しゃ》に構えると、昔と寸分たがわぬバンカラ学生ができ上がった。

心は浮き立つが、夢なのだからいつか覚めてしまう、と思った。それまでに、少しでも多くの幸福を堪能しておかなければ。

湯殿の引戸の先には、天空に架かるような渡り廊下が長く続いていた。その中途に籐《とう》椅子《いす》が据えられて、伊万里《いまり》だか九谷《くたに》だかの大きな莨盆《たばこぼん》と、汗をみっしりとかいたヱビスビールが置かれていた。

小鉢の中はウルカと塩辛とカラスミ。そのうち食べたことがあるのはイカの塩辛だけなのだが、一度味わってみたいと思っていた珍味が夢に現れた。

ビールを手酌で一杯。五臓六腑《ごぞうろっぷ》にしみ渡るとはまさにこのことだ。肴《さかな》もうまい。きっとビールより酒に合うのだろうが、欲をかけばたちまち夢が破れてしまいそうな気がした。

昔話というのはあらまし、欲のない働き者が福に与《あずか》り、強欲な人間がひどい目をつく、という筋書きである。そうした物語はさておくとしても、香田の父母は格別の福に与らぬのがふしぎなくらい、まこと善良な市民だった。

区役所の小役人が倅《せがれ》を私立の大学に上げるなど、簡単な話ではないと思う。その親心はありがたいのだけれど、そもそも倅は出来が悪くて、得意な科目はジャズの口真似とタップダンスだった。

だから、小役人ではない役人にしようだの、大会社に入って高給取りになろうだのという計画そのものが、実は罰当たりの欲だったのではないかと、香田は夢の中で考えた。

人を呼んで燗酒《かんざけ》を注文しなかったおかげで、ここちよい夢はさらに続いた。学生服に下駄《げた》をつっかけて保養所を出た。吹き寄せる風は潮の匂いを含んではいても、湿《し》けってはいなかった。乾いた風がこんなにも爽やかなものだとは知らなかった。

下駄の歯音に合わせて、ジャズを口ずさみながら坂道を下った。

フレッド・アステア。ビング・クロスビー。ジョセフィン・ベーカー。封印されてしまった歌は、心が覚えていた。まるで、隠れキリシタンのようだと香田は思った。

坂道を下りきると、岸柳が風にそよぐ川辺の散歩道に出た。どうしても会っておかねばならぬ人があった。

現実では会おうにも会えぬのだが、夢なのだから探せばいい。

向こう岸には父が知らんぷりで歩いており、しばらく行くと橋の袂《たもと》のベンチに母が座っていた。

香田が夢をよく見るのは、母に似たらしい。子供の時分から、朝食のちゃぶ台の話題はきのうの夢見だった。一方、父は酒呑《さけの》みであるせいか夢はほとんど見ないらしく、二人の会話を聞きながらしきりに首をかしげていたものだ。

このここちよい夢の話を、母に聞かせたいと思った。そこで香田は、口元に両手を添えて川向こうの母を呼んだ。

「かあさん、かあさん、こっちだよ」

「ああ、マアちゃん。元気そうねえ」

にっこりと笑い返す母は、十ばかりも若やいで見えた。

夢の中のおまえはなぜかいつも子供なのだと、母はよく言っていた。しかしずっと言えずにいるのだが、香田の夢の中の母もやはりなぜか若いのだ。

「ほら、そこの山の上に保養所があってね。休暇をもらって泊まっているんだよ。とてもいい宿なんだ」

「どうして家に帰ってこないの。横須賀《よこすか》からなら、熱海よりも東京のほうが近かろうに」

欄干に擬宝珠《ぎぼし》を冠《かぶ》せた丹塗《にぬ》りの橋が架かっていた。二人は川を隔てて橋の袂に立っているのだが、どちらも渡ろうとはしなかった。見えてはいても渡ってはならぬ、夢の懸橋だった。

「会っておきたい人がいるんだ」

「おやおや、とうさんやかあさんをさし置いてかね。そりゃあ、お安くないわ」

岸柳のそよぎも川の瀬音も、母の声を阻まなかった。浴衣がけの湯治客はみな一顧だにせず通り過ぎた。こんなふうに誰しも他者に無関心であることが、本来の正しい社会だと思った。

「笙子《しょうこ》さんを見かけなかったかな。三浦《みうら》笙子さん」

「ああ、笙子さんなら浜で待ってるよ。すぐに行っておやり」

白勝ちの着物の袖をからげて、母は川下を指さした。海は近いらしく、南の空が豁《ひら》けていた。

ふと、母の笑顔が翳《かげ》った。

「マアちゃん。あんたまさか、不幸の種を蒔《ま》いたわけじゃあるまいね」

香田は答えあぐねた。笙子の肌には、誓って指一本触れていない。だが、やりとりする手紙の内容は次第に昂揚《こうよう》していた。母のいう「不幸の種」について、香田は考えこんでしまったのだった。

「じゃあ、行くから。とうさんによろしく」

香田が手を振っても、川向こうの母は応じてくれなかった。

「マアちゃん――」

「何だよ」

「あんた、一人息子だからね」

刃物を向けられたような気がして、香田は一目散に駆け出した。川辺の散歩道を流す人々の間をすり抜け、岸柳の葉をかき分けて走った。

じきに閑《のど》かな湾《いりうみ》に面した河口に出た。しかし砂浜はどこにもなくて、長い岸壁に一艘《そう》の内火艇が舫《もや》われているきりだった。

笙子が海を見つめていた。おさげ髪に鉢巻を締め、絣《かすり》のもんぺをはいていた。今にも岸壁から身を躍らせそうな気がして、香田は声を上げた。

「あぶない、あぶない。笙子さん、あぶないよ」

笙子が振り返った。だが、香田を認めても誰だかわからぬように、ぼんやりと立ちつくしているだけだった。のみならず、やにわに姿勢を正すと、鉢巻を締めた額に指先を添えて敬礼をした。

「ちがうって。僕だよ、香田だよ。香田正也だよ」

駆け寄って抱きしめたいと思ったが、どうしたわけか体が動かなかった。学生服はいつの間にか純白の軍服に、角帽は軍帽に変わっていた。

どうにかここちよい夢を取り戻さなくては、と焦るうちに、晴れ上がった空をとよもして、総員起こしの笛が鳴った。

そうして、夢は終わった。

＊

「いやァ、もったいない。とんだところで総員起こしだな」

「べつだん君がもったいながる話じゃなかろう」

「そりゃあ貴様、しょせんは他人のプライバシィだし、そのうえ他人の夢なんだから、どうこう言う筋合いじゃないがね。しかし場合が場合じゃないか。他人事《ひとごと》ではすまされんよ」

「ところで、沢渡《さわたり》中尉。熱海の休養所には行ったことがあるか」

「一度だけな。貴様の言うような極楽じゃなかった。横須賀鎮守府の御用達《ごようたし》というだけで、面白くもおかしくもない旅館だ。俺は呉鎮《くれちん》にいたので別府《べっぷ》の休養所には何度も行ったが、そっちは海軍専用だからずっと上等だ」

「軍人ばかりだと、かえって肩身が狭いんじゃないか」

「お偉方がわざわざ休養所なんぞに泊まるものかよ。将校といえば、下士官兵にせがまれて引率を買って出たロートルの艦長か、あとは俺たちみたいな予備学生あがりだな」

「それは熱海も同じさ。ましてやふつうの客も取っているから、浴衣に着がえちまえば見分けがつかん」

「風呂場なら体格でわかるだろう」

「ああ。体もいいが、顔の灼《や》け具合で一目瞭然だ。しかし、金玉に階級章がぶら下がっているわけじゃない」

「ハッハッ、そいつはいいや。だがな、香田中尉。別府も海軍専用の休養所だからといって、無礼だの欠礼だのと野暮なことを言うやつはいないよ」

「なあ——君のことはよく知らんし、どっちが先任かもわからないが、場合が場合だから階級呼称はやめないか」

「ふむ。いい提案だ。では爾後《じご》、香田と呼び捨てる。おい、香田。この際だから、もし差し支えなければ、貴様とそのショウコちゃんの関係について、も少し教えてくれ」

「肉体関係はない」

「いきなり露骨な言い方はよせ。まず、ショウコとは粋な響きだが、どういう字を書くのだ」

「タケカンムリに生きると書く」

「え、そんな漢字、あったか」

「笙ヒチリキの笙だよ」

「ああ、そうか。神主の吹く笙だな。貴様、文学部だろう」

「べつに僕が名前を付けたわけじゃない。たしかに文学部だがね。君は？」

「法学部だ。しかし、こうとなっては学部など関係ないな。理工系のみが入営猶予というのは不公平だが」

「専攻というより、頭数のちがいじゃないのか。未来のために少しは大学生を残しておかなければならんのだろうが、まさか成績順だの、帝国大学は別だのとは言えまい。文系だけひとからげというのは、あんがい公平な判断だと思うよ」

「なるほどな。だったら、とりあえず文学部だけにしてくれりゃよかった」

「無茶を言うなよ」

「苗字《みようじ》は何と言ったっけ」

「香田」

「そうじゃない。女の苗字だ」

「三浦。三浦半島の三浦だ」

「それくらいはわかる。ほかに書きようはなかろう。三浦笙子か。ううむ、まちがいなくべっぴんだな。で、なれそめは」

「同じ軍需工場に動員されていた」

「へえ。女学校の生徒か。そりゃまた、戦時下ならではのロマンスだが、特定の関係に至るのはむずかしいはずだ」

「肉体関係はない」

「わかった、わかった。そうじゃなくて、恋愛関係の話だ。この際だから見栄《みえ》も外聞もあるまい。明らかにせよ」

「昼休みに弁当を食っていたら、筐子の級友がおずおずと近付いてきて紙切れを差し出した。そいつはひどいブスだったからうんざりとしたんだが、読んでみれば驚くじゃないか、私の親友の三浦筐子さんがあなたのことを好きでたまらない、と書いてあった。筐子は男子学生の間では評判の美人だったんだ。で、この好機を逸してはならぬと思い、すみやかに厠《かわや》で返事を書いた」

「臭い仲になった、と」

「ブスの配達人を介して何通か手紙をやりとりした」

「じかに渡せばよかろう」

「いや、筐子は注目の的だからな。工場内で男女の交際は厳禁だ。ブスは目立たない」

「いいやつだ。天使のようなブス」

「そのうち、たがいの住所を交換して、文通が始まった。工場でのやりとりよりはずっと安全だし、忌憚《きたん》なくあれこれ書くこともできる」

「かくして恋愛関係に発展した、と」

「肉体関係はない」

「接吻《せっぷん》ぐらいはしただろう」

「いや、手も握っちゃいない」

「もしや貴様、童貞か」

「そうだ。いつか清い体で結ばれようと、たがいに誓い合った」

「たしかに文学部だな」

「べつに志望したわけじゃない。文学部しか合格しなかっただけだ。それに、おやじが言うには、役人になるのなら文学部が有利らしい」

「それは初耳だな」

「小役人がそう言うのだから本当だろう」

「その小役人には、笙子を紹介したのか」

「おい、沢渡。小役人だの笙子だのと気易《きやす》く呼ぶな」

「もとい。お父上に笙子さんを紹介なさったのかね」

「いちど家に来た。庭で馬鈴薯《ばれいしょ》が穫《と》れたからって、二貫目も担いできてくれた。日曜には女学校で授業があるはずだが、サボったんだろう」

「つまり、貴様も大学をサボタージュしていたんだな。そうまでして親に会わせようというのは、よほど真剣な仲だ」

「だが、真剣な話はしなかったよ。香田さんには日ごろ工場でお世話になってます、これ、つまらないものですけど、うちの庭で穫れました、って」

「ずいぶん回りくどいな。親はピンときたはずだが」

「そりゃそうさ。手紙だって毎週のように届いているんだから。だが、このご時世にまさか恋人だとは言えまい。そのあたり、親なら察してくれると思った」

「問い質《ただ》されなかったのか」

「もう繰り上げ卒業が決まっていて、陸軍か海軍かと二者択一を迫られていたころさ。親はわかっていたって訊《き》けなかったろう」

「どうしてそんなことをしたんだ。親を悩ますだけだろうに」

「いや、そうは思わなかった。倅が恋愛もせずに戦死したら不憫《ふびん》じゃないか。それに、親に隠れてこそこそ会ったり、手紙のやりとりをするのも気が引けた」

「ということは、貴様は先方の家にも挨拶に行ったのか」

「――いや。笙子は望んだんだがね。あれこれ考えて、やめておくことにした。男が女の両親を訪ねたら、求婚しなければなるまい。それに、もし僕の身に万一のことがあったら、笙子の人生を束縛してしまう」

「香田――」

「何だよ。この際だ、物ははっきり言え」

「賢明だったたな」

「そう思ってくれるか。だったら、恥を晒《さら》した甲斐《かい》もあるというものだ」

「俺も少し眠るよ。すまんが、その毛布を貸してくれ」

「夢は見るたちか」

「よく見るよ。貴様の夢にあやかりたいね」

「ぐっすり眠るがいい。酸素の節約にもなる」

＊

何ともここちよい夢を見た。

そのここちよさといったら、沢渡恭一郎《きょういちろう》が生まれてこのかた、夢どころか現にも体験したためしがないほどだった。

降り注ぐ陽光。一刷《ひとは》けの雲もない空。汀《みぎわ》の椰子《やし》の木は、伸びやかに宇宙をめざしていた。

砂浜に踏ん張ったその根方にデッキチェアを据えて、沢渡はうつらうつらと海を眺めていた。

波頭が遠く近くに砕けているのは、どこか南洋の、珊瑚礁《さんごしょう》の島なのだろうか。航路はずっと沖合にあると見えて、小学生が描く図画のように、水平線の上をゆっくりと船が移ろっていた。

その緩慢さといったら、遠目には碇泊《ていはく》しているとしか思えぬほどだった。しかし人差指を立てて見つめれば、わずかながらたしかに動いていた。

十二時の方向、距離二千五百、速力十ノット、大型輸送船。要するにそうした観測諸元は、地球規模でいうなら止まって見えるのである。

輸送船のうしろからは、優雅な客船がきた。しかし何隻見送ろうと、吃水《きっすい》の浅い軍艦は姿を現さなかった。きっと戦争は終わったのだろうと思うと、命の熾《おき》が胸の奥で燃え上がった。

「そりゃああなた、二十三年も生きたなんて考えるほうがおかしいですよ。二十三年しか生きられなかったんでしょうに」

手庇《てびさし》をかざして見上げれば、白い詰襟の夏衣を着た兵曹長が、老いた目を細めて沖を眺めていた。見覚えのある人のようだったが、誰とはわからなかった。つまりどこにでもいる、水兵から叩《たた》き上げた下士官だった。

「身も蓋もないことを言わんで下さい。こっちが何も知らないと思って」

鼻持ちならない兵学校出身の将校よりも、海軍の飯を三十年も食っている老下士官のほうが、沢渡は苦手だった。

海兵団で半年、術科学校でたった一年間の教育を受けただけの即成士官が、彼らの上位にあるという理由がよくわからないからである。しかも高専卒は少尉だが、大学卒は中尉の付け出しだった。

兵曹長は砂浜に小さく落ちる自分の影を踏みながら、謙虚な口ぶりで続けた。

「人間五十年という言葉がありますから、私なんぞはまあ、納得もできます。だが、二十三年といったらあなた、へたをすれば犬猫だってそれくらいは生きます。同い齢《おないどし》の若者でも、兵学校出の将校ははなから承知の上でしょうが、あなた方が妙な納得をするというのは、了簡《りょうけん》ちがいというものじゃありませんか。親御さんがたいそうなお金をかけて大学まで進ませ、あなた方も夜を日についで学問を修めて、さあこれからだというときに、戦争だからここいらで死ねと命じられたのですよ。人間の命に軽重があるわけではないが、命を懸ける場所はそれぞれちがうはずです」

言うだけのことを言ってしまうと、兵曹長はデッキチェアの上に大あぐらをかく沢渡に向かって、「言葉が過ぎました、ネヤス」と囁《ささや》いて小さな敬礼をした。

「ネヤス」は「寝なさい」ではない。海軍ではしばしば使われる符牒《ふちょう》で、「願います」を縮めた言葉だった。いまだに使い勝手がよくわからないのだが、たぶん特段の意味はない。「それじゃ」だの「よろしく」だのといった挨拶の一種なのだろう。

沢渡は立ち上がって敬礼を返した。

「オス」

この返答は世間でもよく使われるが、やはり海軍由来であるらしい。「お早うございます」もしくは「ご苦労様です」がつづまって、「オス」の一言になった。

敬礼の動作も陸軍のそれとはちがって、肘を横に張ってはならない。

狭い艦内では、言葉も動作も最小限に節約される。理想とすべきところは、無言のうちにいわば阿吽《あうん》の呼吸で、すべてを完結させるのだ。

兵曹長は後ろ手を組んで遠ざかり、そのうちフッと光の中に消えてしまった。

デッキチェアのかたわらに衣装箱《チエスト》が置かれていた。蓋を開けると、糊《のり》の利いた白木綿の防暑衣が畳まれていた。

学生服がないのは残念だった。夢の中で、香田の夢を思い出したのだった。たぶん自分は、香田ほど学生生活に未練がないのだろうと思った。

防暑衣の上着は開襟の七分袖で、軍袴《ぐんこ》は膝丈だった。

その身なりでデッキチェアに横たわると、いよいよここちよくなって睡気《ねむけ》がさしてきた。眠ってはならないと思った。夢の中で眠れば、たぶん目が覚めてしまうだろう。それだけは勘弁してほしい。

「寝ちゃだめよ、中尉さん」

日傘が差しかけられて、沢渡は薄目を開けた。

「中尉さん、はやめてくれないか」

「じゃあ、恭ちゃん」

安物の香水の匂いを振りまきながら、女がかたわらに屈《かが》みこんだ。日裏の影絵になっていた顔が瞭《あきら》かになった。小夏《こなつ》という名前は覚えているが、こんな美人ではなかったはずだ。だが、紛れもなく小夏だった。

「ずいぶんなご挨拶ね。あなたが私の顔を、まともに見ようとしなかっただけじゃないの」

同い齢だと言っていたが、いくつも上だということはわかっていた。遊廓《ゆうかく》の女は二十五で齢を止め、若い客には同い齢だと言うらしい。

顔をまともに見なかったわけは、まさか見るに堪えぬ女だったからではなくて、そうした小さな嘘《うそ》をことさら暴きたくなかったからだった。

もしかしたら、この通りの美人だったのかもしれないと、沢渡は思い直した。

「ねえ、恭ちゃん。あたし、わかってたのよ」

沢渡は空とぼけた。

「何をわかってたんだ」

「あなた、初めてだったでしょ。千人斬りみたいなこと言ってたけど」

「ばれてたのか」

「わからないわけないでしょうに。こっちが千人斬りなんだから」

どうにか話題を変えたいと思っても、一夜《ひとよ》限りの女にとりたてて話すことなどなかった。そこで沢渡は、誠実で賢明な戦友について語った。

「そいつは香田といって、たぶん同期なんだがな。予備学生も粗製濫造だから、名前も顔も覚えがないんだ。ところがたまたま同じ任務について、時間を持て余しちまった」

かくかくしかじかと、香田のロマンスを語った。そんな青臭い話など、笑い飛ばされるかと思いきや、小夏は目に涙すら浮かべて聞いてくれた。

「やさしい人ね」

そういう解釈は、女にしかできないだろう。そもそも男同士の徳目《とくもく》のうちに、やさしさなどはないのだから。

「恭ちゃんは、あたしのことを話さなかったのかしら」

いや、と沢渡は顎を振った。女郎と過ごした一夜など、どう粉飾したところで話にはなるまい。

「それじゃ、誰かほかのいい人のことは」

いや、と二度顎を振った。海軍を志願してからは、遅ればせながらあれこれとロマンスの種を探したのだけれど、生来そういうことには縁遠いたちだった。

貧しさを感じた。女の体は知っているが、恋愛経験も甘い思い出も持たぬ自分に較《くら》べて、香田が食いつくせぬほどの果実を、どっさり抱いているような気がしたのだった。

沢渡の悲しみを見透すように、小夏が囁いた。

「ねえ、恭ちゃん。思い出をこしらえに行こうよ」

腕をからめて歩むほどに、南洋の珊瑚礁は鱗《うろこ》のような細波《さざなみ》に被《おお》われた豊後《ぶんご》水道に変わり、松林を抜けると、あちこちに湯煙の立ち昇る別府の街に出た。

「香田さんが熱海に行ったのなら、恭ちゃんも別府に行かなけりゃ嘘よ」

「おいおい、傍目《はため》があるじゃないか」

「かまうものですか。どうせ夢よ」

たしかに夢なのだ。だが、小夏もきっとお茶ッぴきの別府の部屋で、そっくり同じ夢を見ているのだろうと思った。

海軍の休養所は、玄関に破風《はふ》屋根の上がった老舗旅館である。

中庭の池泉をめぐる廊下を行くうちに、歯の根が合わぬほどの寒さが襲ってきた。

「もう少しよ。もう少しだから」

小夏に抱きかかえられて湯殿に入り、のめりこむように湯の中に転げこんだ。いつの間にか、二人は丸裸になっていた。かわいそう、かわいそう、と嘆きながら、小夏が体じゅうを撫《な》で回してくれた。

ようやく人心地がついた。いったい今の寒気は何だったのだろう。わけがわからぬまま、沢渡は小夏の薄い胸に顔を埋《うず》めた。

「おい、海軍士官を捉《つか》まえて、かわいそうとはどういう言いぐさだ」

「だって、あたしら命まで取られないもの。恭ちゃんや香田さんは、何から何まで取られたうえに、命まで召し上げられるんだ」

小夏の頰を叩《はた》いた。暴言が許せなかったのではなく、まったくその通りだと思ったとたん、自分自身のみじめさが悔やしくなって、つい手が出てしまったのだった。

「叩きのめしてよ。恭ちゃんの気のすむようにしてよ」

沢渡は小夏の体を抱きしめた。

「おまえを、恋人だと思っていいか」

小夏がこくりと肯《うなず》いた。その瞬間、日本という国がいたいけな娼婦《しょうふ》の姿になって、自分の腕の中にあるような気がした。たしかな大義を手に入れたと沢渡は思った。

湯から上がり、浴衣がけで中庭の池泉を眺めた。

「さっきの話だけど、どうせなら恋人じゃなくって、奥さんがいいわ」

「新婚旅行が別府か。そりゃあいい、自然な筋書きだ」

「金のわらじね」

「何だ、同い齢じゃなかったのか」

「意地悪。わかってたくせに」

小夏がタバコに火をつけて、沢渡の唇にくわえさせてくれた。細巻の金鵄《きんし》は安タバコだが、生涯最高の一服だと思った。

中庭の四角い空に、煙が溶けてゆく。

「おいしそうね」

「たまらなく喫《の》みたかったんだ。だが、酸素を無駄遣いできなかった。頭が痛くて、ガスが発生しているかもしれなかったし」

「たんとお喫みなさいな。ここには酸素がたっぷりあるわ」

煙を胸いっぱい吸いこんで、ああこれでもう思い残すことはないと得心したとたん、夢から覚めた。

*

「何だい、新婚ほやほやだって。だったら先にのろけろよ。僕が馬鹿のようじゃないか」

「いや、すまんすまん。まあ、場合が場合だから、新婚というのも洒落《しゃれ》にならんと思ってな」

「小夏。沢渡小夏。何だか映画女優みたいだな。さぞかしいい女だろう」

「おい、女房だぞ。いい女という言い方は穏当を欠いている。まあ、器量だけなら笙子ちゃんにはかなわんかもしれんが、小夏は俺より三つも齢上だからな。色気ならこちらに軍配が上がる」

「そういうのを、いい女というんだ」

「金のわらじをはいたと思ったんだがなあ」

「金のわらじどころか、鉄の下駄をはかされちまったか」

「くそ、冗談にもならん。予備灯が消えそうだ」

「おい、沢渡。海図はあるか。光のあるうちに現在地を確認しておこう」

「今さらかよ。ちょっと待て、たしか給気筒と無線マストの間に、図嚢《ずのう》が掛けてあった」

「深度百。給気筒も無線も役立たずだ。どうりで耳が痛いと思ったよ。鼓膜が破れそうだ」

「ええと、基地がここで。このあたりに母艦。右四十度に八ノットで前進。三十分ぐらいか」

「いや、せいぜい二十分だろう。潜望鏡で手旗が見えていた。潜航開始。全速前進十六ノット。十五分後に操舵《そうだ》不能。着底。時間はわからんね。時計を見る余裕もなかった」

「応急ブロー。五分間隔で排気。機関停止。そのあたりの手順は教本通り」

「ということは、おおむねこのあたりか」

「おおむねって、太平洋のまんまん中だぞ。黒木《くろき》少佐の事故を考えてみろ。瀬戸内海の深度二十メートルでも救助はできなかった」

「ああ、黒木少佐ね。しかし何だ、潜水学校では遺書や報告書まで開陳して、潜水艦乗りの鑑《かがみ》だと教えられたが、肝心の救難方法を学んだという記憶がない。君は習ったか」

「さて。授業はあったが、いいかげんなものだったな」

「工作船が吊《つ》り上げてくれるんじゃなかったかね」

「ハハッ、極楽の蓮《はす》の池から、お釈迦様《しやかさま》のお慈悲で蜘蛛《くも》の糸がするすると、か。おい、香田。瀬戸内海の深度二十メートルでも無理だったんだぞ。しかも事故を起こした回天《かいてん》は、これよりもっと小さい特攻兵器だ」

「無理かどうかということより、救助する気になるかどうかだね。基地には毎日のように空襲があるし、母艦が湾外に出るのだっておっかなびっくりだ。まあ、哨戒機《しようかいき》ぐらいは飛ばしてくれるだろうが」

「救命浮標《ブイ》を発見してくれる」

「で、どうする」

「浮標じゃなくて墓標。沈没位置を報告するだけさ。沢渡中尉と香田中尉の搭乗せる特殊潜航艇は、西太平洋上にて索敵行動中、敵機の爆雷攻撃を受けて沈没。それくらいの美談はでっち上げてくれるだろう」

「寒いな」

「深海魚の世界だ」

「百メートルは深海かね」

「運動場で走るのならわけはないが」

「救命衣を着て脱出するというのはどうだ」

「貴様、思いつきで物を言うなよ。潜水学校でそういう訓練をした覚えはあるが、あまり現実的ではないと教官も言っていた」

「ああ、僕もそう聞いたよ。注水区画で気圧調整をし、浮標索を伝って浮上。ただし天蓋が開くのは深度十メートルまで。何だ、だめじゃないか」

「瀬戸内海じゃなくてよかったな」

「どうして」

「訓練中か試行中だったら殉職あつかいになる」

「戦死だろうが殉職だろうが、どっちでもよかろう」

「いや、殉職だとすると、佐久間《さくま》艇長や黒木少佐のように、書き物を残さにゃならんだろう」

「知ったことか。君は国民学校の修身の教科書に載りたいのかね」

「いや、そういうわけじゃない。ただ、黙って殉職するというのは、格好がつかんだろう」

「ここは西太平洋のまんまん中だ。殉職なんぞという悠長な話になるものか。戦死なら手間がかからない。もうどうでもいいじゃないか、人間はどのみち死ぬんだ」

「貴様、ロマンチストかと思ったら、あんがいニヒリストだな」

「あ、消えた」

「虚無だ」

「ニヒリストは君のほうだろう。僕はむしろこの真暗闇に安息を感じるよ」

「ちょっと苦しいな。酸素欠乏か」

「僕は眠たい」

「ほれ、毛布」

「拡《ひろ》げよう。同じ夢を見るかもしれない」

「香田。貴様、いいやつだな」

「君もなかなかいい男だ。かみさんは幸せ者だね」

「同じ夢を見よう。どこかで待っていてくれ。よーそろー。ネヤス」

「よーそろー。オス」

＊

郊外の駅頭は鼠色《ねずみいろ》にたそがれている。

砂利を敷きつめた駅前広場に、工場を引けた学生たちが屯《たむ》ろしていた。

住宅地も商店街も南側で、工場が大増産体制に入った数年前に、北口の駅舎と広場が造られたという話である。

だから広場の砂利も白く、駅舎も小体《こてい》ながら新木《あらき》の香りがして、まるで神社か何かのように清浄な気が漂っていた。

それでも工場の門から北口までは、二十分も歩かねばならない。どうかすると茶畑と雑木林の道をたどるうちに、とっぷりと日が昏《く》れてしまう。しかしそんなときはこれ幸いと、男女が身を寄せ合って駅まで歩いた。

万が一見咎《みとが》められても、女の一人歩きは物騒です、と答えればよかった。

運がよければ、笙子と落ち合うこともできた。女学生のほうがたいてい解散は早いから、急ぎ足で行けばどこかで笙子に追いついた。むろん笙子もそのつもりで、道草を食いながらのんびりと歩いていた。

女学生のうしろ姿は一様で、みなもんぺの裾にゲートルを巻き、弁当箱の入った雑嚢と防空頭巾を背中に回していた。食い物が同じせいか、体格も似ていた。

名前を呼ぶわけにもいかないから、追い抜きざまにひとりひとりの顔を盗み見て気味悪がられた。そうして、その日はとうとう会えぬまま、北口の駅頭まで来てしまったのだった。

駅舎の軒先に笙子が佇んでいた。手を挙げかけて、香田はためらった。笙子のかたわらに国民服を着た男が立って、こちらを睨《にら》みつけていた。

女学校の担任教師か、さもなくば工場の上司だろうと思った。二人の関係が知れて、こっぴどく説教されるのだろう。

嘘はつかない。恋愛のどこが悪いのだと開き直ってやる。

香田は眦《まなじり》を決して笙子に歩み寄った。

「香田正也さんです」

笙子が俯《うつむ》きかげんに言った。とことん説教をされたのかと思うと、怒りがこみ上げてきた。

「君は何も言わなくていい」

香田はそう言って男に向き合った。背丈が高く、度の強いメガネをかけていた。工場では見かけぬ人物だし、齢を食っているから、校長か教頭かもしれないと思った。

「ここは傍目があるので、少し歩きましょう」

男は穏やかに言って、香田の背を押した。

夕まぐれの駅頭から少し歩くと、小川のほとりに出た。北口の駅舎とプラットホームの間を流れる、玉川《たまがわ》上水だった。

男はぽつんと灯《とも》る街灯の下で、雑嚢の中から古新聞にくるんだ薩摩芋《さつまいも》を取り出し、二つに折った。

「昼の残りですが、よろしかったら」

「はあ、いただきます」

言葉より先に手が出てしまった。腹がへっていた。

男は自分の芋をさらに割って、尻尾の端を口に放りこむと、ほとんどそっくりそのまま笙子に渡した。

香田は顎を止めた。男の正体がわかったのだった。芋は弁当の残りではなくて、香田と笙子のために残しておいたのだと思った。

「香田です。失礼しました」

角帽を脱いで、深々と頭を下げた。

「こちらこそ、申し遅れました。会社を早退《はやび》けして、待ち伏せておりました」

しばらくの間、三人は言葉を探しあぐねて、西空の夕映えを見つめていた。茜色《あかねいろ》の地平に、赤ん坊の掌《てのひら》を並べたような欅《けやき》の影がつらなっていた。

「海軍予備学生では、生きて帰れんでしょう。今からでも、どうにかならんのですか」

娘の希《のぞ》みならば、この人は何ひとつ反対などしないのだろう。

その真心に応ずる答えを、香田は思いつかなかった。どれほどの美辞麗句をつらねようとも、あるいは自分が詩人であったとしても、口にする言葉はすべて穢《けが》れていると思った。

三人が三人、言葉の穢れに畏れおののいて、何ひとつしゃべれぬままに、ただ声を絞って泣いた。

遠い昔、一頭の勇気ある猿の手にした炎が、実はその瞬間から穢れていたのと同様に、一頭の聡明《そうめい》な猿が獲得した言葉は、やはりその瞬間から穢れていたのだった。

その穢れに気付いてしまえば、炎も言葉も知らなかったころの猿に戻って、人はただ嘆くほかはなかった。

ご心配をおかけしました。

分不相応でした。

何事もお国のためです。

必ず生きて帰ります。

立派に死んで見せます。

どうか忘れて下さい。

胸にうかんだ言葉のひとつひとつは、すべてが虚偽で、汚泥にまみれていた。

軍刀や銃や、大砲や戦闘機や軍艦をずらりと並べて、さあこれが文明だと言うのとどこも変わりがなかった。

「ごちそうさまでした」

いくらかはましと思える言葉をようやく口に出して、香田は上水のほとりを去った。

橙色《だいだいいろ》の紗《しや》をかけた駅頭には、青春を奪われた若者たちが、行き昏れた旅人のようにおのれの影を踏んでいた。

*

「香田。まだ生きてるか」

「あいにくな」

「気晴らしに歌でも唄おうじゃないか」

「軍歌はやめてくれ。ジャズがいい」

「俺は英語が苦手だ」

「歌詞はないほうがいいね。チャップリンでどうだ。スマイル。鼻唄にはもってこいさ」

「ああ、名曲だな。スマイル、スマイル、笑って死ねる」

「小夏さんもご一緒に」

「はいはい、笙子ちゃんもな」

「鼻唄で酸素を使い切っちまおう」

「いいね」

「おや。君、うまいな」

「あんがいだろう。スマイル、ラランーラリーラーー」

「ラー、ラリラーラリーラーー」

「香田。唄いながら聞いてくれ」

「何だよ」

「俺は、ひとつだけ誇りに思う」

「しゃらくさいことは言いなさんなよ」

「いや、この死にざまだよ。戦死だろうが殉職だろうがかまうものか。俺は人を傷つけず、人に傷つけられずに人生をおえることを、心から誇りに思う」

「同感だ、沢渡。こんな人生は、そうそうあるものじゃない」

「スマイル。唄おう」

「言葉は、ないほうがいい」

解説

成田龍一

1.

浅田次郎さんとは、「コレクション　戦争×《と》文学」（全二十巻＋別巻、集英社、二〇一一―一三年）の編集委員として、三年近くご一緒したことがある。この百年ほどの日本のなかで書かれた戦争文学のコレクションを編集するという大仕事であった。月に一度、厖《ぼう》大《だい》な戦争文学の作品を前にして集まったが、議論はしばしば戦争文学とは何か、戦争文学の評価の基準はどこか、ということに及んだ。

「コレクション　戦争×文学」刊行に当たり、編集委員のことばとして、浅田さんは「諸先輩の作品を三年がかりで読み、私観によって選ばせていただいた」「命を主題とした小説の難しさと灼《あらたか》さを、改めて思い知らされた」（内容見本）と述べている。

戦争小説といったとき、対象とする「戦争」はもっぱらアジア・太平洋戦争であり、「小説」の書き手はその戦争の経験者であった。編集委員会ではその枠を広げようとし、実際そうした選択になったと思うが、目の前に積み上げられる戦争文学の多くは、なんといってもアジア・太平洋戦争の当事者の手によるものだった。戦争経験者が、同じ経験をしたものに、みずからの経験を語るのが戦争文学の王道であったが、ここには書き手の切実な思いも、また使命感もあったろう。

戦争経験者の発言は、みずからの「体験」の語りであり、それは「証言」としての意味をもつ。戦争の経験を語ること――このことは、一面では必然であり、他面では必然ではない。つらい経験であればあるほど、語らない、語れないことも多い。したがって、といえるであろう、小説として語りだされた作品にはそれぞれの重みが感じられる。

だが、戦争が終結してから七十年がたち、戦争経験をもたぬ戦後世代の書き手たちが、戦争小説を提供するようになってきている。いや、正確にいい直せば、戦後世代といっても、父母が戦争経験者である「戦後第一世代」と、いまや祖父母が戦争経験者である「戦後第二世代」も戦争文学を提供している（この腑分《ふわ》けと命名は、斎藤美奈子〈「ちくま」二〇一二年二月〉による）。

そうしたなかで、戦争文学の集大成を図る「コレクション　戦争×文学」という試みが企画されたのだが、編集委員もまた浅田さんを含め、すべてが戦後世代（「戦後第一世代」）であった。浅田さんは「ゆえに意義は深く責任の重い大仕事であった」と述べている。

書き手としての浅田さんは、そうした事情を踏まえて、戦争文学を執筆している。先行する当事者の作品を知悉《ちしつ》したうえで、アジア・太平洋戦争を対象とした作品を提供する。「戦後第一世代」として、父母の世代の戦争を総括しよう、という意識がうかがえる。

2.

『帰郷』は、二〇〇〇年代に書かれた、六編の短編が収められる。☆は、二〇〇二年、その他は、二〇一五―一六年の執筆である。このあいだに「コレクション　戦争×文学」の編集・刊行があり、長編『終わらざる夏』の連載・刊行（二〇一〇年）があった。『帰郷』に収められた小説の大半は、主人公にとって「その後」――決定的ともいうべき戦闘体験を経たあとの人生が描かれるが、状況の設定や語りの様式はそれぞれに異なっている。

戦時のひとこまを描くのは、☆B「鉄の沈黙」である。二十七歳の造兵廠《ぞうへいしょう》の技師、一等兵の砲兵のニューギニアでの体験が記されるが、この一等砲兵は、一九四三年九月十七日に戦死することが暗示されている。

また、F「無言歌」は、海軍予備学生同士の対話がなされる。それぞれがみた夢（理想ではなく、文字通りの夢）を語りあい、時間を過ごす。どうやら西太平洋で索敵行動中に事故を起こした特殊潜航艇の艦内のようで、生命尽きるまでの残りの時間の対話である。戦後が迎えられなかった無念が、抑えた筆致で記される。

物語のなか、「香田」は、恋人とその父と三人で会ったときの話をする。戦地に向かう彼を囲み、「三人が三人、言葉の穢れに畏れおののいて、何ひとつしゃべれぬままに、ただ声を絞って泣いた」——そうした経験を語った後、ふたりがつづけて対話する。

沢渡「戦死だろうが殉職だろうがかまうものか。俺は人を傷つけず、人に傷つけられずに人生をおえることを、心から誇りに思う」

香田「同感だ、沢渡。こんな人生は、そうそうあるものじゃない」

そして、最後にふたりはチャップリン『モダンタイムス』（一九三六年、日本では一九三八年二月公開）の「スマイル」を鼻唄で歌う。浅田さんらしい、泣かせる幕切れである。

D「不寝番」は手法を変え、幻想譚《げんそうたん》となる。舞台は一九七三年と一九四二年を往還、陸上自衛官と日本軍の上等兵が遭遇する。「この灰原の廠舎のどこかに、時間の抜け穴がある」。

他の作品は、戦時の経験を経て、戦後の地平に立っている。A「歸郷」は、終戦から三ヶ月後の「闇市」が舞台である。テニアン島での「戦死公報」が出され、戦死の扱いをされた復員兵が、たまたま出会った「マリア」とよばれる「娼婦」に語る、「その後」の物語。C「夜の遊園地」は一転して、一九五七年が舞台。父親が一九四五年一月に、レイテ島で戦死し、再婚した母をもつアルバイト学生が主人公で、アルバイト先の仲間も客たちも、みな戦争経験を有している。

生々しいのは、☆E「金鵄《きんし》のもとに」である。銀座を中心に、復員兵の心性（戦時との往還）を描き、占領期の全体に迫ろうとする。主人公は、片頬の肉が削《そ》げ落ち、南方で玉砕した部隊の生き残りであり、「ブーゲンビルは緑色の地獄だった」と説明される。

『帰郷』に収められた物語に登場するのは、いずれも兵士たちである。かれらの多くが玉砕した連隊・部隊に属し、死と直面した経験をもつ。かれらの「その後」が、復員兵の一人語り（A）、時間の往還（C）、対話（E）、夢（F）と、さまざまな語りの手法で記される。

執筆者が戦争の経験者（戦中世代）であれば、生死の経験そのものに比重が置かれるが、「戦後第一世代」としての浅田さんは、「その後」に関心を傾けている。当事者ならば「体験」―「証言」へと赴く語りを、浅田さんは「体験」の意味を追求し、「記憶」

の領野に主人公のそれを投げ込むのである。

たとえば、Eで偽の戦歴を騙《かた》る「傷痍《しょうい》軍人」に対し、「おのれの戦歴を隠したうえに、意味のない筋書きを騙っている」「理由なき嘘《うそ》の正確さ」を背負わせている。また、主人公から戦歴をただされた「闇市の顔役」は、「証拠だと？　そんなものあるか。証拠はこのおつむの中の、記憶だけだよ」といい切る。

そのことは、生き方の姿勢にかかわってくる。不条理のなかでも生きる誇りと矜持《きょうじ》を保つことが浅田さんの小説の真骨頂であるが、戦争を描いても同様である。Eの主人公「染井俊次」はひとりごつ。

染井「食い物と乾いた寝床があれば、人間は生きていける。他人を欺《だま》す必要もなく、意味のない嘘もつかなくていい。そして何よりも、ブーゲンビルで死んだ戦友を忘れずに、生き続けることができる」

なんと、いまだ「戦陣訓」を持ち出しての言である。他方、金鵄勲章などは「そんなものは後生大事にせず、道具屋にでも売りとばしてくれていればいいと思う。染井の家に、支那戦線の武勇伝など語り継いではしくはなかった」とも書き留められる。

この主人公のことばは、「大義の末」（城山三郎）という作品を思い起こさせる。一九二七年生まれの戦争経験者の城山が、戦時の「大義」が戦後に忘却されたことへの違和感を記した作品である（一九五九年）。そう、（浅田さんの父母にあたる）戦争経験の世代は「大義」を生きていたことを、浅田さんもまた記している。

Eで書き留められる「人肉食」も、同様である。「ジャングルの中で出くわして怖いものは、味方の兵だった」と戦中世代の認識を継承しながら、人肉食の実行者を処刑した処刑者も、人肉食をおこなうことに目を留める。さらに、「この若い教員（処刑者―註）の魂を救わにゃならなかった」といい、「教員」（処刑者）を「腹におさめて」国に連れて帰ったものが生き残った。

「何人もの兵隊を腹におさめて帰ってきた俺たちは、もうお国の勝手で飢え死んじゃならねえんだ。何としてでも生き抜かにゃならねえんだよ」――死者を背負っている――死者の大義を生きている、という親の世代への壮絶ともいえる想像力である。

かくして、Cの舞台となっている「もはや戦後ではない」という消費社会の到来の陰に潜むものを、浅田さんは見据えている。浅田さんが描く戦争小説は、父母の世代―戦中世代への慰霊であり、そのことが人生の機微を感じさせる。運命を受容しつつ、大義に生きる父母への、「戦後第一世代」としてのメッセージが伝えられている。こうした小説が、非戦を訴えるものとなるのは必然であろう。

他方、語りの手法として、どんどんと幻想譚となることも興味深い。Fでは、「その瞬間、日本という国がいたいけな娼婦の姿になって、自分の腕の中にあるような気がした。たしかな大義を手に入れたと沢渡は思った」と記される。「大義」が、である。BやCでは、実践的に大義を描いていたが、それが幻想化する。

3.

いくらか広い視野で、「戦後第一世代」の浅田次郎さんの戦争小説——その戦争像に言及しておこう。戦争小説といったとき、戦争経験をもつ作家たちのばあい、みずからの経験に基づく。「戦場」での兵士を主人公とする、大岡昇平の『レイテ戦記』はその代表的な例であり、「史実」をたんねんに積み上げていく吉村昭、「軍隊」の非人間性を告発する野間宏や大西巨人《きよじん》、「戦闘」を記す古山高麗雄《ふるやまこまお》らの作品が代表的であろう。みずからの「体験」を、同じ戦争経験をした人びとに伝えるとともに、「証言」としての役割をみせる。

他方、登場してきた新しい世代（「戦後第二世代」）は、湾岸戦争以降、9．11、イラク空爆とつづく「新しい戦争」の出現に敏感に反応し、「新しい戦争」のもとでの社会の変化を描く（陣野俊史《としふみ》『戦争へ、文学へ』集英社、二〇一一年、が詳しい。なお、陣野は、「偏在性」「非対称性」「地方性」を「新しい戦争」の特徴としてあげる）。

このとき、浅田さんは、かつての戦争を歴史化する営みにこだわり続ける。アジア・太平洋戦争を、ことば本来の意味で歴史化し、そのことによって「新たな戦争」に立ち向かうという姿勢である（おなじく「戦争×文学」の編集委員を務めた奥泉光《ひかる》も同様である）。

したがって、描き出される戦争像の姿は、戦争経験の世代のそれとは異なる。浅田さんの長編『終わらざる夏』は、敗戦の詔勅《しょうちょく》があった一九四五年八月十五日のあとも戦闘が続けられた、シュムシュ島（占守島）を主要な舞台とする。浅田さんは、この長編を、大本営の地下壕《ちかごう》から筆をおこし動員のシステムを描く。役場の兵事係を軸に、一人ひとりの背後にある人生、それがあらわになる瞬間を記す。さらに東京や岩手の戦時の生活を記し、子どもたちの疎開も描く。多様な人びとを登場させ、いくつかの節では赤軍兵士（ソ連人）を語り手とする――すなわちソ連兵の経験を描く試みもしている。

浅田さんの戦争小説は、「戦後第一世代」として、それぞれの人生の提示へとむかっている。すべての人びとを否応なく巻き込んでいった戦争。それを巻き込まれる側から描き、人間関係のしがらみに「戦争」が入り込む様相が切り取られる。戦争が、しがらみを複雑にし、あらたなしがらみを作り出すことが、一人ひとりの人生のひとこまとして描き出される。

それぞれにとっては運命だが、その運命に見えるものの背後にあるものを押さえつつ、視点を人びとそのものに据えた戦争小説といいうるであろう。浅田さんは、マクロな戦争の仕組みを認識しつつ、人びとの具体的な生活を描く。ミクロに戦争を叙述することによって、戦争小説を非戦小説へと練り上げていっている。

（なりた・りゅういち　歴史学者）

本書は、二〇一六年六月、集英社より刊行されました。

初出「小説すばる」
歸郷……………二〇一五年一一月号
鉄の沈黙………二〇〇二年七月号
夜の遊園地……二〇一六年一月号
不寝番…………二〇一六年三月号
金鵄のもとに…二〇〇二年三月号
無言歌…………二〇一六年四月号

集英社文庫

帰《き》　郷《きょう》

2019年6月30日　第1刷　　定価はカバーに表示してあります。

著　者　浅田次郎《あさだじろう》

発行者　徳永　真

発行所　株式会社 集英社
東京都千代田区一ツ橋2-5-10　〒101-8050
電話　【編集部】03-3230-6095
【読者係】03-3230-6080
【販売部】03-3230-6393(書店専用)

印　刷　凸版印刷株式会社

製　本　凸版印刷株式会社

フォーマットデザイン　アリヤマデザインストア　　マークデザイン　居山浩二

ISBN978-4-08-745884-8 C0193